Et si

Et puis

Par
Kevin Emmanuel Henriques Lopes

FSC
www.fsc.org
MIXTE
Papier issu
de sources
responsables
Paper from
responsible sources
FSC® C105338

© 2022, Kevin Emmanuel Henriques Lopes
Édition : BoD – Books on Demand,
info@bod.fr
Impression : BoD – Books on Demand, In
de Tarpen 42, Norderstedt (Allemagne)
Impression à la demande
ISBN : 978-2-3224-1904-3
Dépôt Légal : Mai 2022

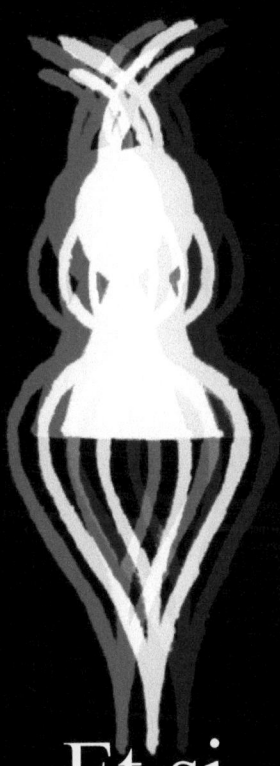

Et si

Eux

Il leur faudrait comprendre que chaque couple est différent. Puisque, chacun a son vécu, sa culture et sa personnalité. Les difficultés sont plus nombreuses et les regards et mots des proches ne sont pas toujours bienveillants envers ces jeunes gens. Le meilleur conseil qui pourrait être donné à ce couple est, sans doutes, de construire, entre eux et ces maux, un mur. Pour ne pas être blessé par ces regards et ces mots, il faudrait que chacun comprenne que tout cela ne révèle rien sur eux. C'est celui qui juge qui se dévoile. Mais, qu'il n'est en rien question d'eux. Il leur faut apprendre à rester uni dans la difficulté qu'est le fait de devenir un couple dans cette situation.

Avant tout, saches que :

J'étais, en ces temps où je cherchais qui être, un homme. Non... J'étais un enfant qui se croyait homme. Je cherchais encore des réponses que nul ne pouvait m'apporter. Car, je ne savais en rien les formuler. Mais les moments se teintaient de misère et je me sentais défaillir sous les coups des jours qui se succédaient. Sans qu'aucune solution ne s'envisage. J'étais, dans un monde si peu fini, si insignifiant. Si petit, dans un monde si grand. J'avais, déjà, été aimé et cela avait changé la perception de mon univers. J'ai cherché à revivre cela. Tant de fois que, je me suis perdu des les soirs et mes espoirs. Travesti mes tares et mon histoire. Mais, tu n'as jamais répondu à mes lettres. Les as-tu seulement lues ? Peut-être... mais, qu'importe ? Puisque, tu n'y as jamais répondu. Puisque, j'étais perdu. Puisque, je t'ai perdu. Puisque, notre amour n'était plus. Puisque, je me demandais s'il fut. Puisque, nous n'y avions, que tardivement, cru. J'ai trouvé, ailleurs, les réponses que je cherchais. Après bien des périples, je les ai trouvés. J'ai réalisé que je ne serais jamais aussi insignifiant, que ce que ce monde me fera paraître. Mais, surtout, que je ne serais plus grand que la paix qui vivra en mon cœur. Alors, puisque tu es partie. J'espère que tu te pardonneras. Comme j'ai pu le faire.

Je croyais avoir tout vu. J'ai vécu. J'ai connu les jours teintés du gris de la misère et les relations tâchées du jaune de l'adultère. J'ai connu l'espoir des débuts et vu mes prières mises au rebut. S'il est indéniable que je fus aimé, de l'inverse, je ne peux être assuré. Alors, dans une détresse quotidienne, si ancienne que j'ignorais jusqu'à son existence, je cherchais à vivre, ou ressentir, tout ce qui pourrait me sortir d'un état contemplatif, qui me laissait en simple spectateur de cette vie que je n'arrivais pas à m'approprier. C'est pourquoi, pour entrevoir la lumière, j'ai plongé dans les abîmes des nuits qui, plutôt que de me raviver, m'ont consumées. C'était là, il y a près de 8 ans déjà, que je connu une jeune fille. J'ai relevé la tête et j'ai avancé vers elle... avec elle. Mais, plus seul que jamais. J'ai bâillonné les démons qui me hantaient, sachant qu'ils continueraient, pourtant, à me fixer. Et puis, par commodité, sans doutes, nous sommes restés ensemble. J'aurais dus partir. Mais, il y avait la peur du vide qui hante cet enfant qui fût abandonné. Si ce ne fut physiquement, il se dit, avec les années, qu'il aurait, pour lui, peut-être, mieux valût. Alors, tétanisé par mes peurs d'enfant, je suis resté.

Aujourd'hui, je retrouve seul avec mes questions. Aussi loin que je me souvienne, j'ai toujours voulu tout savoir. Mais, au final, ne me reste qu'une histoire qui, en sept ans, m'aura usée jusqu'à la moelle. Une histoire dans la quelle je m'étais, pourtant, tant investi. Évidement, je n'ai pas toujours été exceptionnel, durant tout ce temps. J'ai, plus d'une fois, manqué de discernement. J'ai fait tant d'erreurs et elle m'a, si souvent, demandé de pardonner. J'ai pardonné, ignorant ces parfums qui la trahissaient. Moi, qui regardais ce maigre bonheur diminuer, chaque jour. J'y ai mis tout mes espoirs. J'ai, sans doutes, oublié de vivre ma vie. Nous n'étions plus un couple, l'avons-nous jamais été ? Hier déjà, ses mots n'avaient aucune valeur. Quant à moi, j'étais tombé en esclavage, de l'idée que j'avais d'elle, d'un mirage. Mais, depuis que son étreinte, sur mon âme, s'est desserrée, je vois, d'un œil nouveau, le monde qui m'entoure. Alors que, je m'attendais à un profond mal-être, un feu s'alluma en mon cœur. La joie d'une liberté, imposée, mais désirée.

J'en ai fait du chemin pour arriver jusque là. J'en ai fait du chemin, j'en ai vu des paysages et de beaux visages. Mais, lorsque, grandi de cette liberté retrouvée, elle s'imposa à mon regard, mon cœur sur elle s'est penché. Comme si, j'avais toujours attendu ce moment. Elle était là, devant moi. Je crois que je fus foudroyé sur place. Nous

nous étions déjà parlés plus d'une fois et pourtant, elle était là. Comme si, l'évidence d'un idéal m'apparaissait, enfin. J'avais été si aveugle, à la perfection qui posait sa vie entre mes heures. Si sourd, aux complaintes de mon âme qui me criait sa vérité. J'ai beau savoir qu'elle ne voudra, sans doutes, jamais de quelqu'un comme moi. Du moins, je le crois. J'aimerais le croire. Mais, en vérité, je sais bien que toutes ses pensés ne sont que des idées, créées pour ne pas m'abandonner à cette douce folie, dans laquelle son image finira bien par m'emporter. De plus, je le sais bien, elle a déjà annoncé son départ prochain. Je me dois de résister à cette idée d'un amour, dans lequel, je ne sais si je pourrais garder ma raison. Mais, plus je la vois, plus je ressens le besoin de croire, qu'elle est la seule à pouvoir faire mon bonheur. Bien que, j'avais cessé d'y croire. Car, si j'ai vécu l'obscurité, elle est la lumière. Si j'avais ce qui est vain, elle a le goût de la vie. Si j'avais fini par apprécier la solitude, elle m'a fait aimé sa compagnie.

Les jours passent et, je dois avouer que, lorsque je l'ai rencontré, je n'aurais imaginé que cette fille me fascine autant, avec le temps. Moi, qui aime tant avoir raison, ne laissant que peu de place aux autres. Elle aura fini par rythmer mes journées. Comme si, son visage n'était que le reflet d'un bonheur hors d'atteinte. Parce que, tout ce qu'elle fait, me fait aimer tout ce qu'elle est. Et, tout ce qu'elle est, fait d'elle ma muse. Celle qui m'inspire ces mots, déclaration de fidélité à celle qui ne semble être que pureté. Bien que, je n'ai la prétention d'écrire quoi que se soit de suffisamment fidèle à tout ce qu'elle m'inspire. Car, c'est par son sourire, qu'enfin, je respire. Cependant, elle est partie, aujourd'hui, et je reste ici-bas, les bras baissés, comme si je n'y pouvais rien. Elle a pris ses affaires et, par un dernier regard, qui ne m'était pas plus adressé qu'à ceux qui se tenaient à côté de moi, elle nous disait : « au revoir ». Elle, qui rythmait mes journées et le bonheur qui pouvait en découler. Je la voyais s'en aller, sans oser la rattraper. Pourtant, tout en moi, aime tout en elle. Aujourd'hui, mon existence ne fait plus sens dans cette endroit où elle n'est plus. Je me noie dans tant d'espoirs de possibilités brisées que, je ne sais pas, si je pourrais, longtemps encore, continuer. On me dit qu'elle n'était si idéal que cela. Qu'elle n'est pas pareille lorsque, ici, elle n'est pas. Mais, plutôt que de me dissuader de mon adoration, ces dires me poussent encore plus vers elle. Comme s'il y avait, encore, tant de choses, en elle, que j'ignore et cette perspective, ne fait qu'entretenir et nourrir mon idolâtrie.

Les jours passent. Je me retrouve dans cette routine, où seul s'enchaînent les actes, me faisant douter jusqu'à ma propre existence. Me faisant ignorer mes propres actions, en arrivant à douter qu'elles dépendent réellement de moi. Alors, dans cette confusion qui fait de moi un simple spectateur de ma vie. J'apprends que je la reverrai sous peu. Serait-ce là une renaissance ? Mais, pour la première fois, depuis bien longtemps, je me sens maître de mes actions. Maître en mes dessins. Auteur de mon propre destin. Pourtant, je me refuse toujours à lui dévoiler mes sentiments. Je me dois de me résoudre à les conserver dans cet état de fait, secrets. Bien que, loin d'être dormants, de plus, tout semble nous éloigner l'un de l'autre. Car, je ne le sais que trop, elle est trop loin de tout ce à quoi j'ai habitué mon entourage. Elle ne serait pas acceptée par ceux-là même qui m'entourent depuis le commencement de mon aventure ici-bas. Ils ne pourront pas comprendre les regards que je lui adresse ni, comment elle tolère ma maladresse. Quoi qu'il en soit, elle devrait passer, aujourd'hui, si elle a le temps. Alors, assis, seul, sur cette chaise qui m'a vu si souvent, j'attends. Mais, pour la première fois, je rêve d'accélérer le temps. L'horloge tourne et, pourtant, je me meurs à chaque seconde espérant, comme un enfant impatient d'ouvrir ses cadeaux, en allant se coucher, à la veille de noël. J'attends en ne sachant si, ce début, ne serait pas, simplement, une histoire qui se serait terminée sans que je m'en aperçoive. Avant même, qu'un "nous" en soit né. Étrange sensation, qu'est celle qui découle de l'absence de doutes d'une histoire à construire. Si, ce n'est un château de conte de fée, ce sera, peut-être, simplement, quatre murs en bois avec l'amour pour toit. Après tout, je ne suis que moi et je n'ai que cela à offrir. Mais, si toute cette histoire, ne devait être que mensonges, elle aura eu le mérite d'avoir fait vivre mes songes. Il est certain que, je suis loin de l'insouciance qui fut mienne, mes premières années. N'écoutant aucuns des conseils de mes aînés. Nourrissant tant d'espoirs, tel des cris dans l'oreille d'un sourd. C'est pourtant, sur les routes pavées de méfiance, que, par destin ou chance, j'ai croisé l'amour. Bien heureusement, car, si chacun suit son chemin, voilà longtemps que je restais hésitant à la croisée de mes destins. Ne sachant que faire de mes anciens dessins. Non, je dois mettre fin aux divagations de mon esprit. Qu'importent mes envies et mes espoirs, je dois me résigner. Je dois me l'interdire.

Mais, alors que les heures passent, les gens partent. Elle n'aura pas trouvé le temps de venir.

Alors que le soleil se lève sur ma nuit éveillé à songer son visage, mon cœur se brise, un peu plus, chaque fois que son nom résonne en ma mémoire. Bien que, les minutes s'écoulent sur mes joues. Telles les heures que je n'ai pus, avec elle, passer. Je ne peux accepter que le flot de mes jours sans elle, puisse, un jour, noyer son image dans un passé que j'aurais tant pleuré. Mais, je sais que je n'ai rien d'autre à lui offrir que la vie risible qui se trouve être la mienne. Rien de plus que l'espoir d'une histoire qui mériterait d'être contée, parmi tant d'autres. Une histoire semblable à tant d'autres, sans doutes. Mais, mon bonheur, lui, serait unique. Proche de la perfection. Proche, car : Si perfection il existe, elle porte son nom. Je dois, sans doutes, lui souhaiter tout le bonheur qu'elle mérite, toutes les fleures aux quelle elle a droit, toutes les heures que je ne pourrais lui donner. Car, puisque je l'aime, je me dois de m'interdire à elle. Elle qui mérite tellement plus que moi... Moi qui ne vaut que si peu, face à elle. Moi, pauvre insecte qui ne comprend à quel point il est insignifiant que, lorsqu'il voit un être si infiniment supérieur à sa condition. S'il n'est son créateur, il n'en restera pas moins un dieux qui aura remis sa, si dérisoire, existence en perspective, de par sa divine présence. Alors, comment, puis-je oublier l'image de mon unique idole en se monde ? Comment oublier ses jours passés à ses côtés, s'ils sont gravés, en mon âme, en lettre de vérité ?

Un soir, encore un, seul, attablé, le cris des oiseaux pour meubler le silence de ma vie. Une nuit s'impose à mes jours. Voilà plusieurs semaines déjà qu'elle est partie. Je n'ai plus d'envies, j'en ai oublié la douceur du réconfort d'une nuit. Je sais bien que, je suis risible de me complaire dans cet état. Alors même, que rien ne me relie à la demoiselle, si ce n'est, l'affection que j'éprouve pour elle. Je devrais, sans nuls doutes, me ressaisir. Je devrais, certainement, souhaiter, de mon amour, que le diable me l'emporte. J'ai, si souvent, l'impression que je cours vers elle, qui me fuit. Elle... qui hante mes pensés, s'imposant dans mes nuits. Je tente vainement de convaincre mon cœur que j'idéalise son image, avec le temps. Mais, comment me convaincre d'un tel blasphème ? Puisque, c'est bien à sa vue, qu'à moi, s'imposa la vérité de l'adoration lui étant destinée. Cette situation m'est insupportable. Au point de m'interdire, son nom prononcer. Suis-je, véritablement, en présence d'une simple fille rencontrée au détours des jours de hasard. Ou, y a-t-il plus que, simplement, une rencontre accidentelle ? N'est-elle qu'un simple coup du destin ? Pourtant, j'ai connu tant de femmes qui m'ont, si souvent, tué. Tant d'histoires qui mériteraient d'être racontées. Mais, tout me semble dérisoire, aujourd'hui. Avais-je, seulement, jamais aimé, avant de la rencontrer ? Je n'ai jamais aimé être seul. Mais, jamais, je n'avais autant désiré être avec qui que ce soit.

Aujourd'hui semblait être un jour comme tant d'autres, qui composent le fleuve de ma vie. Une goutte de plus se déversant dans ce vaste océan. Pourtant, je fait à cette misère, mes adieux. Puisque, en dépit des signes, elle n'est plus qu'à quelques pas. Je souris, sans réussir me contrôler. Elle me rend mon sourire. Je m'avance vers elle et je pense...

... Et si...

Je lui adresse un « Bonjour » maladroit et, sans attendre de réponse, je lui dis que, bien que je manie les mots avec aisance, je reste bien trop souvent sans voix, face à elle. Je vois, à son regard, qu'elle m'interroge de ses yeux. Alors, pris au dépourvu, et ne trouvant pas les mots pour lui exprimer de vive voix ce qui crie au fond de mon cœur, je lui quémande quelques instants et mets en mots, sur papier, ce que j'aurais voulu lui expliciter :

Je voulais toujours être à la hauteur, faire le poids.
Moi, prisonnier de tout ce que tant d'autres croient.
Mais, même si l'on naît libre, ma foi,
On n'est pas libre parce qu'on le croit.
Puis elle est arrivée changeant,
ma conception idéale pourtant,
Il n'y a qu'avec elle que je suis libre d'être,
Sans mon paraître.
Libre en mon être,
Libre d'être moi et, finalement, de renaître.
J'expliquais le sens de la vie sans avoir de doutes.
Sans savoir que je perdrais mes mots dans sa bouche,
Alors, lorsque ses yeux à elle, malgré moi, me touchent,
Je renie jusqu'à mes idoles et les oublierai toutes,
En ma mémoire, son image dressée en autels,
Puisse-t-elle comprendre que la regarder m'est blasphème,
Puisqu'en elle tout me semble tenir de l'irréel,
Comment pourrais-je, seulement, lui avouer que je l'aime.
Près d'elle, mes pensés partent dans tout les sens,
Futilisant, par la même, toutes mes connaissances.
Si, je savais comment y faire,
Avoir le courage sans le taire,
Le lui dire espérant lui plaire,
Oser qu'importe l'atmosphère,
Mais, surtout en restant claire,
Et finalement sourire, j'espère.

Suite à sa lecture, nous nous assîmes et parlâmes plusieurs heures. Elle me confia, qu'elle aussi, n'était pas indifférente à cette relation ni à l'éventualité de la voir évoluer vers une histoire plus passionnée. Je lui avouai que j'eus décidé de taire cette amour. Car, il existe mon entourage, mes peurs et tant d'autres obstacles. Mais, que j'avais tout nié à sa simple vue. Plus nous parlons, plus elle me semble réticente à l'idée d'un amour partagé. Alors, je l'interroge sur le pourquoi. Ce à quoi elle répond :

- Ne vois-tu pas que tout nous sépare ?
- Ne pourrions nous pas être juste deux, sans ce mal ?
- Malheureusement, qu'importent nos espoirs.
- Alors, je devrais accepter que mon ciel se voile ?
- Je ne peux t'offrir ce qui ne m'appartient pas.
- Pourtant, je t'ai donné toutes les nuits de ma vie...
- Comment, pourrais-tu me promettre tout cela ?
- On ne peut pas expliquer sa foi.
  Je ne peux m'expliquer ce constat.
  Le comment, ni le pourquoi.   Mais, seulement qui.

– Alors que je meurs de froid, tu me tends
une flamme...
Dis-moi, pourquoi tout ce que je
t'explique, ne t'atteins ?

– Oublie ce qui est vain, tout ce à quoi on
ne peut rien.

– Et si, notre oubli menait, finalement, à un
drame ?

– Alors, je ne veux, de nos jours ensemble,
perdre aucun.

– Et si, nous avions tort... Et si, ce n'était
pas bien ?

– Alors, tu es le diable et je t'ai abandonné
mon âme.

– As-tu seulement imaginé que tout ça
pourrait être vain ?

– Ça ne changerait rien. Car, mon âme
t'appartiens.

– Donc, si ça ne marche pas, j'en porterais
le blâme.

– Non. Car, on ne peut en rien blâmer ce
qui est divin.

– Les mots ne suffisent pour s'opposer aux
siens.

– S'ils s'opposent au fait de te reconnaître.
S'ils ne veulent accepter cette évidence.
Qu'ils refusent de comprendre mes
lettres.
Qu'ils s'imaginent, plus qu'ils ne pensent.

S'ils veulent encore, que je sois comme
eux.
S'ils cherchent à nous détruire, nous
égarer.
Alors, je ne serais qu'à toi, pour mon
mieux.
Alors, je ne pourrais que te jurer ma
fidélité.
– Que pourrais-je te répondre à tout ça ?
Que pourrais-je te promettre de moi ?
– Promets-moi que je pourrais mourir.
Mourir sur tes lèvres pour, enfin, vivre.
Me satisferais-je de ce qu'il y a de pire.
Tant que, de ton amour, je serais ivre.

Elle me dit, suite à notre échange, qu'il lui
faut du temps pour penser à ce qui vient d'arriver.
Qu'elle ne peut prendre une décision, aussi
importante, aussi vite. Qu'elle est perdue. Que la
nuit lui portera, peut-être, conseil. Elle se lève et
part. Elle s'éloigne et, pourtant, elle n'est pas loin
de moi. Son image s'impose à moi, comme pour
illustrer tout ce en quoi je crois. Elle est là,
immatériellement présente, avec moi. Un sourire
guidant ma voie, comme pour me signifier qu'elle
restera, ce à quoi j'aspire, ce à quoi me destinent
mes pas. Dois-je encore, continuer à porter ma
croix ? Ou puis-je m'accorder le répit, d'un soupir
dans ses bras ? Oserais-je être, simplement, moi ?

Puisque le nom qui me fût donné est : « Dieu parmi nous », elle est la paix, que j'ai tant cherché, ici-bas, ma plénitude en ce monde. Elle transcende toute définition, me laissant rêver à d'autres horizons que ceux de la création.

Les jours qui se suivent, me questionnent sur les obstacles qui persistent. Grains de sables dans l'engrenage. Il ne tiendrait qu'à moi de vouloir autre chose. Un sentiment trouble s'installe. Pourtant, ce sentiment ne date pas d'hier. Il m'est plus familier que le sons de la voix d'une mère. Il est temps, je crois, de confronter ceux qui disent m'aimer, sans me comprendre. Il est l'heure, de me libérer de ce que ces autres croient. Me libérer de l'image d'une perfection, qui n'est que façade. Comme si, l'image qu'il fallait renvoyer était plus importante que le bonheur, les accomplissements ou le poids de mes drames. Comme si, mes angoisses ne valaient rien. Comme si, rien de ce qu'ils n'approuvaient, n'était bien. Mais, je sais aussi, que jamais ils ne le tairont si, un jour, ils me méprisent. Je crois que tous me sont, en faite, hostiles et que je ne le voyais pas. Le moment est venu de me libérer de ces peurs. Après tout, à quoi bon ressembler à tout le monde ? Tout le monde ? Oui, tout le monde, sauf moi-même. Suffocant dans ma propre peau, étouffant chaque mot... libre d'être quelque chose de faux.

Je vois donc mon frère, il est le plus critique de tous. Il transmettra mes dires aux autres. Je l'invite, donc, à prendre un café, en ma demeure. Après les banalités d'usage, et sans laisser s'écouler une heure, je déverse, d'un flot ininterrompu de mots, les vérités qui, à moi, se sont, récemment, révélées. Mais, alors que je termine se monologue de plusieurs minutes, il me parle d'une fille dont il a fait la connaissance, il y a quelques jours, et, qui selon lui, serait parfaite pour moi. Décontenancé par son visage impassible et l'absence d'empathie pour ce que je venais de lui raconter. Je me résigne à ignorer ses dires. Tout comme, il ignore les miens. Pourtant, je compte bien le forcer à reconnaître, en sont discourt, l'existence de mon aimée. Après de longes minutes, d'un discourt de sourd, il cède, enfin :

– Vois-tu, je l'ai rencontré il y a peu, mais qu'importe.
– Quelle est la nature des sentiments que tu lui porte ?
– Elle me fait croire au bonheur infinie,
Voir le jour, au plus profond de la nuit.
Elle m'offre bien plus que je ne vaux,

Bien plus que, simplement, des mots.
- Que feras-tu si, un jour, ton passé elle méprise ?
Que ferais-tu si, elle n'était, finalement, que traîtrise ?
- Dis ce que tu penses à voix haute,
Puis ne reviens plus me voir,
Cherches-tu à me pousser à la faute ?
Ne réponds pas, je ne veux savoir.
Laisse-moi te dire une ou deux choses,
Elle est la raison de mon enchantement,
Je sais bien que rien n'est jamais tout rose,
Que je ne serais jamais le prince charmant.
Pour son sourire, je vendrais mon âme,
Alors, je te répondrai à l'abhorré,
Puisqu'elle est mon unique dictame,
Ton décès, à ses larmes, m'est préféré.
Il n'en est pas moins vrai que j'ignore,
De mon insignifiant être, ce qui la séduit,
Elle, qui sait m'apaiser telle l'aurore,
Moi, qui suis sinistre comme la nuit.
Elle est d'une beauté bien trop exquise,
Elle enflamme mon cœur et mon corps,
Je l'aime sans raisons ni vaine analyse,
Car tout en elle, est fait de divins accords.
Un être si pur, divin et mystique,
Mêlant nos corps et esprit en un,
Depuis ma vie n'est que musique,
Car, du bonheur, elle est le parfum.

À ces mots, il se lève et part. Me disant que, je pourrai toujours le rappeler, lorsqu'à la raison, j'aurai décidé de retourner. Médisant jusqu'aux virgules du discourt que je lui avais tenu. Il est certain, maintenant, que tous vont se détourner de moi et mon comportement. Puisque, je ne veux, ni ne peux, continuer à suivre les préceptes de ceux qui me détesteraient, si je n'y adhérais plus. Alors, qu'ils me haïssent, je ne supporterais pas, un instant de plus, la dictature par leur jugements sur mes décisions. C'est encore ma vie. Même si, je sais bien que, ce soir, la mélancolie de souvenirs revenant en ma mémoire, fera frissonner ma peau. Pendant que mes yeux se gorgeront de l'eau du gouffre, de mes dernières années. Car, même si, je m'attendais à une telle réaction. J'espérais, tout de même, une once de fraternité, qui sait, peut-être même, de compassion. À croire que, seul, j'ai toujours été.

Le soir venu, je lui écris. Elle, mon aimée, seule âme capable de purifier mon univers, si sale. J'écris en larmes, sans savoir pourquoi. Je m'installe et écris que, je ne sais pourquoi, je me sens à court, ce soir, de mots et d'envie pour parler d'amour. Que, pourtant, j'ai, simplement, envie de lui parler bas. Lui dire, de moi, tout ce qu'elle ne connaît pas. Comment je me sens. Que je mens lorsque je dis que, l'avis des autres ne me touche pas. Que leurs critiques me transpercent en dedans. Que j'espérais être un peu différent. Mais, qu'il y a trop de courants dans mes larmes pour ne pas emmener mon esprit à la dérive. Que je reste, là, assis à penser à elle. Car, son image, sa beauté, ancre mon âme à la réalité... Je n'enverrai jamais ces mots...

La nuit fut courte et interrompue par un message au petit matin. Par courrier, dans les mots dissimulé, s'enroulant autour d'un cœur qui ne juge ni ne condamne, rampant dans la fange, parmi les immondices. Alors que, la bête me regarde, resserrant son étreinte, je ne la défie point. Mais, la plains. Elle n'est pas, ici, chez elle. Son venin n'a jamais coulé dans mes veines. Ainsi, se relâchât l'emprise du messager de l'offensée, qui m'adressait sa colère et son dégoût, par les mots qui inondent mes joues. Mais, je lui devrai toujours la vie. Qu'il est triste de constater que, la noirceur d'un cœur a le pouvoir d'obscurcir une matinée ensoleillée.

La journée poursuit son cours. Je me surprends à ressasser de vieux souvenirs. Quand, elle m'appelle. Nous nous verrons en fin de journée. Finalement, cette journée s'éclaircit, enfin. L'éclat de mon unique soleil, vient se lever pour chasser l'obscurité d'une journée qui s'annonçait bien sombre. Le tunnel de ces heures qui me sépare de sa lumière, me semble bien trop long. Qu'importe, s'il eût fallu que je doive attendre deux éternités encore, la perspective de sa présence aurait suffi à m'enivrer d'amour pour, mille fois, mourir sans en oublier la colombe, qui m'aurait mise en cage.

L'heure est venue, le rendez-vous. Je n'attendais rien d'autre que ce moment. Mais, alors que j'attends son arrivé, ma gorge se serre et je ne sais si j'oserais la regarder. Puis, me vient à l'esprit qu'elle pourrait, simplement, ne pas dénier venir. Elle pourrait avoir changé d'avis, ne plus vouloir me voir. Mais, alors que mon esprit divague au travers de mes peurs, elle apparaît, soudainement, à ma vue. Assise sur cette chaise, face à moi. Je ne saurais dire depuis combien de temps elle est là. Elle ne dit rien et me regarde. J'ai tant de mots, qui se demandent comment lui faire lire mes pensés. Tant de pensés, qui ne sauraient comment s'exprimer. Mais, alors que mon cœur crie son nom. Je vois à son visage, que de cette histoire, le même aboutissement, elle n'envisage. En effet, elle a mis un terme à tous ce qu'il y avait entre elle et moi. Elle a, sans le vouloir, jeté tous mes rêves par la fenêtre. Puisqu'elle ne partage pas mon envie et que je ne sais comment continuer ma vie ainsi. Elle me demanda de comprendre. Qu'il vaut mieux que nous restions amis. Comment, pourrais-je, seulement, être ami avec elle, si, elle demeure la seule addiction qui me maintient en vie, aujourd'hui ? Puisque, tout en elle me fait vivre pour son amour. Mais, sans doutes, par fierté, je fis mine de comprendre, de ne pas être déçu. Alors que, mon âme se déchire. Suite à cela, elle décide de partir et je l'accompagne à l'arrêt de son bus.

Je prétends que tout va bien. Je l'accompagne à l'arrêt de son bus, dans la brume d'une soirée d'automne. Elle prend son ticket et son sourire de circonstance. Je retiens mes larmes et son image en ma mémoire. J'essaie d'assécher mon cœur. Mais, n'y arrivant pas, je me retourne, pour qu'elle ne me voit pas pleurer. J'essuie mes yeux et lui adresse un dernier « au revoir ». Je tente de me convaincre que c'est ce qu'il y a de mieux. Pourtant, je sais que c'est un mensonge. Je me retourne et cède : « Je ne veux pas ! Je ne peux pas ! Pars, si c'est, là, ta décisions. Mais, saches que je resterais ici à t'aimer. Si, tu changes d'avis. ». Le silence s'est installé entres nous, depuis de trop longes secondes. Elle me tourne toujours le dos et, ce, depuis ma déclaration. Son bus s'arrête à l'arrêt. Les passagers descendent. D'autres montent. Mais, elle reste là. Le bus part et je ne comprends pas. Elle ne se tourne toujours pas. Je n'ose briser le silence qui nourrit mes espoirs. Mais, alors que le temps semble s'être arrêter, elle met fin à ce silence. Après s'être tournée, me regardant dans les yeux, me demande d'une voix tremblante : « Tu as promis bien trop de choses. Bien trop d'horizons radieux. Je finirais par y croire. Alors, avant d'aller plus avant dans cette histoire, sois franc, je t'en pris. Je te croirais quoi que tu dises. Mais, pour mon mieux, ne me jure rien que tu ne prétendes accomplir. Puis-je remettre mon cœur entres tes mains ? ». Voilà, donc, de quoi il retourne. J'ai promis bien trop de choses pour sembler honnête. Il est vrai que beaucoup ne considèrent plus, aujourd'hui, une parole donnée comme gage de sincérité. Je ne peux lui tenir rigueur de s'en méfier. « Madame, sachez que, si de mes mots vous doutez, je n'ai, pourtant, que la promesse d'un amour fidèle à vous présenter. Comme j'aimerais pouvoir exprimer les mots qui pourraient convaincre ce cœur de ma dévotion. Mais, non, à quoi bon parler toujours ? Pour le bien de mon âme, laissez-moi, non pas vous dire, mais bien, vous prouver, de par mes actes, en quoi ma démarche est honorable et ne saurait tromper les yeux qui, ont su percer les secrets de ce livre où s'écrit ma vie. Alors, oui, je le jure, sur ce que j'ai de plus précieux à ma vue à cette instant, puisque je n'ai jamais rien eu de plus cher à mon cœur, que la vue de votre douceur. Jamais, au grand jamais, en d'autres vaines adorations, je ne me fourvoierais ou vous déshonorerais. »

J'ai avoué tous mes secrets, je me suis engagé face à elle. Je lui ai juré fidélité. Qu'importe que ce ne fut devant une quelconque divinité. Elle était là. Elle est la seule que j'adorerais, d'ici à ma mise en terre. Si, toutes fois, mon âme ne persistait pas au-delà. Qu'importe, si aucune lois d'homme ne reconnaît cet engagement. Qu'importe, si je n'ai jamais rien de plus que son sourire. Je la regarde, et je ne vois que la perfection. Elle me parle de ses défauts et je ris puisque, ses défauts, sont d'une perfection absurde à mes yeux. Elle me dit qu'elle souhaiterait, pourtant, changer certaines choses. Jamais je n'aurais eu l'audace d'imaginer qu'elle, divine perfection si précieuse à mon cœur, puisse souhaiter changer quoi que se soit à son adorable personne, qui est la déesses de mon idolâtrie. Je lui signifie que, m'imaginer pouvoir lui venir en aide dans ce processus, serait blasphématoire. Qu'elle m'est bien meilleur, en quoi que se soit, que je ne pourrai jamais l'être, quand bien même, je doive tout lui enseigner. Mais, elle ne m'écoute pas. N'écoute aucuns de mes louanges. Ne prend rien pour vérité établie. Elle est sage, ou bien, est-ce moi qui suis fou de lui dire, qu'aujourd'hui, mon amour lui est acquit ? Mais, alors que je m'égare dans mes songes, prisonnier de la douceur de l'avoir vu rester, j'en oublie les heures qui continuent de s'écouler. Son bus ne repassera que dans une heure et le café ferme. Elle me propose d'aller en ma demeure en attendant le prochain passage. Je ne saurais dire si c'est le froid, la pluie ou autre chose qui lui fait me proposer cette idée. Mais, une fois chez moi, nous parlons de nous, elle me parle de ses convictions, ses histoires et ses peines. À force de faire connaissance, nous comprenons à quel point nos vies se ressemblent. Mais, voilà que les heures passent et sans que nous ayons le temps de nous en soucier, le dernier bus s'en est aller. Elle restera ce soir.

À ce moment précis, dans la pénombre de la nuit, révélant sa silhouette dans la pâleur argentés d'une lune envieuse de son beau corps, je sais que tout ce qui brille n'est d'or. Mais, ses courbes m'ont jeté un sort. Oserais-je m'approcher ? Comment pourrais-je ne pas être tétanisé face à tant de beauté ? Comment puis-je être si léger sans la possibilité de me mouvoir ? Alors qu'elle s'avance, s'écoulent les gouttes froides de celui qui ne sait comment réagir. Alors, qu'elle s'avance et me sourit, je me demande si je saurais l'aimé et sens mon cœur s'emballer à cette simple idée. Elle impose la cadence et je la suis dans cette danse. Mais, où cela nous mène, je n'ose l'imaginer. Elle me transporte par-delà ma vie, au travers des heures de cette nuit. Je vivrai, peut-être pour la première fois. Nous, qui avions passé tout la soirée à refaire le monde de nos mots, allions-nous, vraiment, recommencer ? J'aimerais croire que ce n'est pas le fait du hasard, qu'elle soit restée, ici-bas, en ce soir. Qu'elle le voulait depuis le début. Sans doutes, par fierté, je voudrais croire que se sont mes mots qui l'ont convaincue. Pourtant, alors que mon esprit s'égare dans ses yeux qui me sourient, je lui appartient, elle le sait bien. Elle se dévoile dans un jeu de séduction, comme si elle avait, encore, quelque chose à séduire qui ne puisse l'être d'un simple sourire. En cet instant, s'écrivent les raisons de vivre jusqu'à présent. M'enlaçant dans l'élan d'un désir partagé, elle partage son corps et moi aussi. Dans ce décors où la pudeur s'endormit et le fantasme fit place à une réalité inespérée. Je ne trouverai que plus tard les mots qui exprimeront les actes qui auront précédé.

Dans son indifférence insolente,
Redéfinissant le beau,
De par ma foi si vacillante,
Je respire sa peau !
Ô belle âme si pure et profonde
M'enivrant de ses parfums,
Douceur sauvage et vagabonde
Guidant ma vie de ses mains,
Tel le soleil qui s'éveille
À chacun de mes matins,
Mes nuits fuient le sommeil
Pour le bleu d'un ciel lointain.
Ses yeux, qui, de moi, révèlent
Une vie bien trop amer,
semblent d'une fermeté frêle
Tel l'argile face au fer.
Alors que s'emballe la cadence
De mon cœur à l'abandon,
S'entame la plus cruel danse
De l'âme face à la raison.
Sous la douceur des caresses
S'agite mon pauvre sang,
Oubliant douleurs et détresses
Lui offrant tout mon temps.
Alors réduit en esclavage,
Par la force de son sourire,
Pour la beauté de son visage,
J'endurais volontiers le pire.
Je veux croire à ce conte
D'un amour si persistant,
Voir la vie étouffant la honte
Dans l'éternité d'un instant.
C'est mon amour que je sème,
Sans crainte ni pudeur.
Mais, c'est elle qui parsème,
D'étoiles, mon cœur.

Nous sortîmes au petit matin d'un après-midi, sur lequel s'était étirée notre nuit. Dans la clarté de son rire, je suis éblouit et souris. Sachant que j'ai trouvé mon étoile, celle qui guide chacun de mes pas. Le soleil qui réchauffe mon cœur. J'imagine que je devrais dire à mes amis que je m'en vais, aujourd'hui, vers un nouveau pays, profiter, enfin, de mes nuits, rêver ma vie. Nous nous asseyons à la terrasse d'un bar et apprécions un café, ignorant l'agitation de la ville, dans ce décors idyllique, que la douceur de ses yeux rend bucolique. Pourtant, brisant la brutale accalmie de l'instant. Elle apparut en périphérie de ma vue. Sa silhouette fendant la clarté d'une journée radieuse. L'œil vif, le visage strié de rides, l'esprit agressif et le dos courbé, une vieille femme qui déteste, tout ces impures partisans des amours, qu'elle veut, interdits. Elle qui nous regarde, sachant pertinemment que, sa présence, je ne pourrais, encore longtemps, ignorer. Ô mon âme, quel malheur vient encore s'abattre sur le dôme de la félicité que tu tentais ardemment de préserver. Puisque, ainsi s'avance la maîtresse des démons de ton passé. Derrière ce sourire, je devine les cris de sa rage. Le cloché résonne à son approche et s'envolent les corbeaux dans le ciel obscurcis d'ailes noirs. C'est la mort qui, vers nous, s'avance, avec toute sa violence, dans un vent de souffrance. Se penchant vers moi, prononce mon nom de son regard, me défiant. Je répond, à son mauvais sang, par un simple : « Bonjour, maman... ». Mon aimée reste silencieuse et un malaise envahit l'air ambiant. Ma mère s'installe à notre table sans dire un mot. Elle la dévisage durant de trop longues secondes. Avant que je ne me décide, enfin, à briser ce silence :

- Que nous vaut le déplaisir de la visite ? *Lui demandai-je sèchement, sous le bruit du grincement de mes dents.*
- Mon fils, ce n'est ainsi que je t'eus éduqué. *Me répond-elle dans un sourire.*
- À son éducation avez-vous seulement pris part ? *Intervient la lumière de mes nuits.*
- Ce sont, bien là, mes mots qu'elle cite. *Précisai-je.*
- Qu'importe, je ne suis ici pour m'y confronter. *Concéda-t-elle.*
- Mais, pour nous transpercer de votre dard. *Compléta ma déesse, dans un sourire.*
- En ce cas, dites. Mais, surtout, faites vite. *Dis-je, rendant son sourire à mon idole.*
- Je suis venue dans l'espoir de te raisonner. *Répondit ma mère, de son ton sévère.*
- Vous n'êtes une plaie mais bien, une tare. *S'envenima la douceur de mon cœur.*

- Mère ! Je ne souhaite écouter la suite. *Martelai-je de ma voix et de mon poing sur la table.*
- Comment oses-tu, ta voix, sur moi, élever ? *S'offusqua-elle.*
- Je crois qu'il est venu l'heure de notre départ. *En se levant, ma chance me prit par la main et nous partîmes sans nous retourner.*

Nous poursuivîmes notre journée dans l'insouciance de ce nouveau départ. Comme si, la noirceur de cet interlude, n'avait rien à voir avec notre histoire. Dans ces moments, je suis certain que je n'ai en rien perdu mon temps. Que tout me menait à ce bonheur et que la misère m'a fait ses adieux, face à la douceur de ces cheveux, dans le parfum de ses yeux. Je réalise, dans la lumière de ce jour qu'elle a créé, que je me sentais partout ailleurs, étranger. Que la route fut longue, durant cette course vagabonde. Que la terre est ronde mais, qu'elle n'est pas mon monde. Que mon ciel était sombre. Que la pluie, n'est pas la seule, qui tombe. Que trop d'heures se noyaient dans mes secondes. Que les peines, que l'on gèle, nous inondent.

Alors que, le soleil fuit dans les prémices crépusculaire d'une nuit qui s'annonce sans l'être aimé, je ressens, pour la première fois, ce manque par anticipation. J'ai besoin d'amour, je ne suis qu'un homme. Je souhaiterais qu'elle reste avec moi. Elle est tout ce dont j'ai besoin. Je sais que ce n'est, sans doutes, pas possible. Peut-être n'est-ce qu'un caprice. Je ne mourrais pas de ces heures loin d'elle. Mais, j'en viens à supplier l'univers en mes songes, qu'elle puisse rester près de moi.

Et si, ce n'est possible, que l'on ne me laisse vivre dans le mensonge.

Elle s'en est allée et je reste seul ici-bas, dans mon enfer personnel, la solitude d'une demeure qui, paraît-il, est mienne. Je prends un café et me brûle. Je ne sais comment gérer cette solitude. Je ne me sens pas à ma place. Non pas que, ce sentiment ne m'ait déjà assailli. Mais, jamais, jusqu'alors, sont absence ne s'était fait ressentir. Peut-être, me ferait-il du bien de boire un verre, en ce lieu familier, parmi des visages qui ne le seraient pas moins. Alors que je marche pour me rendre au bar, je repense à cette nuit, à quel point j'étais bien, dans la chaleur de ses bras. Mais, j'entre et il n'y a que le tabouret, que j'ai occupé trop de fois, qui attend ma venue. Je commande un verre et m'assois.

Alors que je divaguais dans mes pensés, je n'ai pas remarqué qu'un vieil ami s'était, à mes cotés, assis. Je le remarque enfin et, John, le barman, nous sert un verre de whisky chacun. Nous disant qu'il vaut mieux partager un verre de solitude à deux, surtout lorsqu'on ne boit pas seul. Paul, mon ami, rit en me tendant une cigarette. M'avouant qu'il a payé les verres d'avance. Après avoir trinqué, nous parlons de tout et rien. Mais, surtout, de rien. Jusqu'à ce qu'il m'interpelle sur le seul sujet qui occupe mes pensés. Alors que, la serveuse s'attelle à nous resservir. Je lui dis que, Je ne tairai son prénom que pour mieux me souvenir de tout ce qui me plaît chez elle. Mais, que celui qui sait chercher, le trouvera, sans doutes, dissimulé dans mes phrases, reflétant tout ce qu'il y a de plus déstabilisant chez elle. Il me sourit lorsqu'il me dit que, j'ai bien de la chance. Que nous cherchons tous à oublier le poids de la vie, quelques instants. À ce moment, le barman me lance un regard. Il sait bien que je suis de ceux-là. Après tout, il est 21 heure, en ce dimanche soir et, je buvais seul dans ce bar. Alors que Paul continue sa tirade sur les relations, je pense au fait qu'il n'ai émit aucun jugement, aucune réserve sur cette relation qu'il sait, pourtant, à tous attentatoire. Il termine son monologue me sourit et conclu en me disant : « Mais, évidement, tu n'es plus avec moi. Tu es avec elle. »

À ses mots, ces mots, mon cœur se serre et il pleut sur mes joues.

— Que se passe-t-il, mon ami ?
— Elle aura touché mon âme,
    Changé l'entièreté de ma vie.
    Elle déposa dans nos flammes,
    Mes rêves qu'elle avait nourrit.
— Est-ce pour ceux qui te blâment,
    Qu'en ce jour, cette histoire fini ?
— Ni pour eux, ni ce qu'ils trament.
— Alors, est-ce par peur que tu fuis ?
— Rien de tel, te dis-je. Ni fin, ni drame.
— Alors, Puis-je savoir de quoi il s'agit ?
— Comment être digne d'une telle femme ?
    Dis-moi, toi, quel maléfice eut séduit,
    Ce cœur si pure, par mon être infâme.
— Saches que l'on ne séduit, le cœur choisi.
    Si, aujourd'hui, c'est l'amour que tu clames,
    Rien en ce sentiment ne saurait être maudit.
    À toi de t'en convaincre ainsi que la dame.
— Je n'ai rien d'autre pour toi qu'un merci.
— L'ami fidèle, contrepartie ne réclame.

Toujours souriant, il prend un autre verre, pour noyer le chagrin de sa vie, s'assied sur le bar, les pieds sur le tabouret et, d'un geste, sort de la poche de sa veste, un vieil harmonica. Alors qu'il entame cet air si familier, je compatis à sa détresse qui, par la solitude, le mène à l'ivresse. Mais, regardant autour de moi, je ne vois que des vissages souriants. Amusés de ce qu'ils voient, de ce moment d'euphorie qui, au sons de l'instrument de l'homme qui sourit, se construit. Sans se douter, un seul instant, que son âme crie au désespoir. Je comprends, dans ses larmes qui ne coulent pas, l'image que mon passé renvoie. Je comprends que, lorsque je raconte mes anecdotes, personne ne voit, que derrière mes mots, se dissimule mon désarroi. Il termine sa chanson, descend du bar sous quelques applaudissements. Puis, en s'asseyant, lève son verre en ma direction et soupire ces quelques mots : « À ceux d'entre nous qui ne sont plus là, et à moi qui resterai ici à jamais ». À ses mots, je ne sais que dire. Alors, je laisse le silence s'exprimer dans le calme d'un soupire. Mais, soudainement, les mots me viennent : « Mens-moi si, un jour, tu me méprises. Comprends, sans que mot je ne dise. Sois présent lorsque rien n'a de sens. Ne juge pas lorsque, ma vie, je panse. Reste malgré les épreuves du temps. Car, j'en ferai, au moins, autant. ». Il lève les yeux en ma direction et, dans un sourire de soulagement, acquiesce. Je lui rends son sourire. Chacun de nous sachant que, si lourd que soit le poids de nos existences, nous auront un refuge en cet endroit, qui est ce qui ressemble le plus à un foyer. Simplement, parce qu'il s'y trouve ce qui se rapproche le plus d'une famille. Au détour de la remémoration de souvenirs commun. Je l'interroge sur les peines qui sont les siennes. Il tente de nier, de dissimuler, sa douleur par gène ou pudeur. Mais, à cœur usé, on ne peut cacher. Autant que l'âme qui fut brisée, sait lire la détresse d'un sourire. Il me confesse qu'il a péché tant de fois, qu'il a renié son idole, l'a échangé, s'agenouillant devant tant d'autres. Qu'il mérite le châtiment qui lui ai donné. Qu'il est banni en cet enfer, loin de son paradis. Pour avoir mordu dans le fruit qui lui était interdit. Il a, pourtant, fait vœux de pénitence. Mais, la déesse de son Éden n'a que faire de ses mots qui, n'ont de valeurs, dans la bouche du blasphémateur. Puis, hésitant, me demande :

- Dis-moi, toi le grand séducteur. Celui dont les exploits nous laissaient tous bouche béé. Que dois-je faire ?
- Je pourrais te livrer mes secrets les plus vils, mes méthodes et te donner les clés pour lire entre mes lignes. Mais, je peux t'annoncer d'avance que ces choses là ne fonctionnent pas dés lors qu'elle n'est pas simplement une péripétie de ton histoire. Dés lors qu'elle est le soleil qui illumine la nuit de ta vie. Quand bien même tu tenterais vainement de mettre en pratiques

mes éventuels conseils. N'oublie pas qu'il y
des vérités qu'aucun mot ne saurait
dissimuler. Il y a des réalités qu'aucune
formule magique ne saurait changer. Il faut
parfois apprécier les moments passés avec
et apprendre à vivre sans. Au moins,
jusqu'au jours où son image n'habitera plus
les décors de ton âme.

– Y crois-tu vraiment ? Qu'il me soit
seulement possible de l'oublier ?

– Ce que je crois n'importe que peu. Il y a un
moment où chacun de nous doit faire face
et accepter les conséquences des décisions
qu'il a pris et des situations dans les quelles
il s'est mis. Qu'importe nos envies ou nos
croyances. Bien que la vie ne soit pas une
simple question de chance.

– Tes mots sont dur à entendre. Ne
pourraient-ils pas être plus tendres ?

– Ne te contente pas de les entendre. Il faut
comprendre pour apprendre.

Le matin se lève sur ma nuit de tumultes.
Sur les tumultes d'un ami qui, se noie dans le
courant des événements de sa vie. Mais, quand je
reçois ces quelques mots de celle qui habite mon
cœur, j'en oublierais jusqu'à ma vie. J'ai connu des
femmes de toutes les couleurs, de tous horizons et
de tous âges. Mais, aucune ne m'a rendu aussi

heureux que je le suis, simplement, imaginant son sourire. Dire que coincé entre le café et les soirées bien trop alcoolisées, mon avenir s'envisageait dans le pire. Qui aurait pensé que mon histoire finirait par être digne de celles que l'on lit dans les livres ? J'en viens à remercier mon passé pour chaque coup qui, m'aura mené jusqu'ici, en ce jour béni.

Quelques heures après mon réveil, ma petite sœur m'appelle. Forcement, elle a appris ma situation. Elle souhaite me voir pour boire un café. Elle a toujours été l'innocence incarnée. Je sais qu'elle ne portera pas de jugement. Mais, je sais aussi qu'elle ne serait pas un soutien, si toute fois j'en avais besoin. D'ailleurs, il y a des choses que, de par notre entourage, je suis seul à savoir. Je la vois au café qui avait vu ma fuite en avant la veille. Nous nous asseyons et elle m'interpelle :

- Comment as-tu trouvé le courage de leur avouer ?
- Leur avouer quoi ? Le fait que j'aime quelqu'un qui ne leur convient pas ? Ou bien, que leur stupide foi, jamais ne me conviendra ?
- Leur avouer qui tu es au fond de toi.
- Je vois... On ne parle pas de moi, n'est-ce pas ?

- Si, bien sûr. Mais ton histoire pourrait m'aider.
- Je pense que tu n'auras jamais ce que tu attends de ces gens. Malheureusement. Mais, il n'est peut-être pas le bon moment pour le changement. Ne te presse pas, prends ton temps. Je sais que ce n'est pas chose aisée. Pense bien, il y a encore tant de choses que tu dois apprendre, tant de choses par lesquelles tu vas passer. Tu es jeune, c'est là ta seule faute. Il y a des chemins qu'il vaut mieux attendre un peu avant de penser les emprunter. Vis ta vie, trouve une fille, construis quelque choses. N'ignore pas ce qui est en toi, éloigne-toi de ceux qui ne comprennent pas. Il y aura toujours des gens qui comprendront et seront heureux pour toi. Je sais que ce n'est pas simple. Je serais toujours là demain, ne t'occupe pas de ceux qui partiraient s'ils savaient.
- Et si, je l'avais trouvée justement ? Et si, j'avais commencé à construire avec elle ?
- Dans ce cas, je suis heureux pour toi. J'espère que, quoi que tu décideras de faire, tu n'oublieras pas que ton bonheur ne dépend que de toi. Moi ? Je serais là, quoi qu'il en soit.

– S'il te plaît, dis-moi, je l'aime, cette fille là. Alors, pourquoi tout ça me fait tant souffrir ? Est-ce que je ne pourrais pas, simplement, vivre avec ma vérité ? Je leur mens droit dans les yeux et, je le sais, je finirai par le payer. Mais, la note est-elle vraiment si salée ?

– Pour eux, j'ai juré sur ma vie. J'ai cru à leurs mensonges, jusqu'à en douter de la vérité qui, à moi, tentait de s'imposer. Évidemment, les mensonges sont réconfortant et la réalité blesse souvent. Mais vivre dans les mensonges, c'est s'interdire l'espoir ailleurs qu'en songes. Oui, l'addition est salée. Oui, il faudra faire face aux regards désapprobateurs qui te jugeront avec mépris. Mais, il t'en coûtera moins qu'une vie gâchée.

– Merci. Mais, je me demandais : Tu aurais pu trouver une excuse, comme tant d'autres, pour ne pas avoir à m'écouter. C'est, pourtant, une chose que tu as, si souvent, fait. Maintenant que j'y pense, m'écouter, pas simplement entendre. Mais, comprendre, toujours bienveillant. Dis-moi, pourquoi tant d'efforts pour moi ? Je n'en mérite pas tant, je crois.

– Parce qu'il fallait bien que quelqu'un prenne soins de toi. Et, je n'aurais voulu, pour cela, personne d'autre que moi.

Comme j'aimerais avoir un autre monde à lui montrer. Comme j'aurais aimé que cette réalité ne soit qu'illusion. Mais, si elle nous blesse parfois, on peut trouver le réconfort de notre vérité dans la cruauté de cette réalité. Ma vérité s'écrit dans mon cœur et mes songes. Jusqu'au point où, elle donne, à ma vie, tout son sens. Alors, lorsque sont image m'habite en son absence, les secondes résonnent en mon âme et les minutes s'allongent. Serais-je devenu fou ? Les heures s'écoulent dans un floue qui ne me laisse qu'une impression de manque et de temps perdu. Est-ce, parce que tout ce que je perds, lui est dû ? Mais, a-t-elle vraiment terrassé tous les démons qui vivaient en moi ? Elle a fait mentir ma réalité et le temps. A-t-elle triomphé de mes peurs sans même aller au combat ? Elle m'a révélé la réalité et mon asservissement. Depuis, ses mots dirigent et sondent, mon être et mon monde.

Elle s'en va après quelques temps à parler de tout et rien. Je crois que sa décision est prise. J'ai peur pour elle. Il faut dire que je ne connais que trop bien les obstacles qui s'annoncent sur son parcours. Mais, il faut la laisser partir pour lui permettre de grandir. Dire qu'il y a peu, je lui enseignais comment lasser ses chaussures. Certains moments semblent pouvoir durer pour toujours. Mais, puisque ce n'est en ce monde, ce sera en songes. Car, les instants de bonheur s'évaporent si vite dans les torrents de nos pleures. Pourtant, survivent les souvenirs, chaleur réconfortante : feu d'un buisson qui réchauffe et éclaire mais, ne brûle pas.

Les jours passent et je n'ai l'occasion de la contempler. Bien que, je lui adresse mes louanges chaque soir et que je reçoive sa parole en échange, mon cœur appelle au secours. Ô mon cœur, qui agonise en ces jours. Ô mon aimée, puisse-t-elle, sous peu, le délivrer de cette attente, de cette errance à vivre sans l'allégresse de sa vue. Il ne bat que pour sa vérité, n'existe que pour et par cela.

Le lendemain, nous convenons de nous voir dans l'après-midi. Elle devait passer la journée avec son frère et décide, par la même occasion, de nous présenter. En ce qui me concerne, je pense que je ne lui présenterais pas ma famille de si tôt. Même si, l'un des ses membres n'a pas jugé bon d'attendre une invitation. Certes, une invitation qui ne serait jamais venue. Mais, qu'importe le passé. Je vais à la rencontre de l'être aimé et, rien que de savoir cela, emplit mon cœur de joie. L'impatience m'envahit en se mêlant à mon bonheur. Je suis semblable à l'enfant qui se réveille au matin du jour qui vu sa naissance. Ne pouvant contenir ce sentiment et nourrit d'impatience, je me rends au lieu du rendez-vous, plusieurs heures en avance. J'y prends un café et rêve à son visage. Pour une raison que je ne peux m'expliquer, je souris et le sentiment que le monde m'appartient, m'envahit soudain.

Alors que les minutes défilent, j'entends la colombe se poser sur la branche à quelque pas de moi puis, roucouler le nom de celle qui m'est aimé. À cet instant, je le sais, je suis seul à comprendre ce murmure de cette façon. Serait-ce mon âme, qui dans son insondable impatience, lui aurait soufflé ce nom ? Comme j'aimerais y croire. Mais, je ne suis que l'amoureux transit qui habille ses jours de rêves. Le passionné ivre de l'amour qui trouve sa source derrière les yeux de celle qui fait vivre son désir. Comme ce monde doit lui paraître beau en ces jours d'une douceur qui me semble infinie. Je le sais bien, la douceur de mon amour ne change en rien la vie de quiconque ici-bas. Pourtant, je regarde l'oiseau blanc, symbole de celle que j'aime, je souhaiterais que le bonheur d'un seul, puisse soulager tout ceux qui ne connaissent pas la béatitude de l'amour qui fait vivre la lumière qui s'impose aux idées noires. Mais, l'oiseau me regarde une dernière fois et, sans doutes, pour le bien d'un autre, s'envole emportant avec lui l'espoir qui rassure celui qui doute. Mais, qui sait voir comme on écoute.

Contemplant le ciel de cette si radieuse journée, c'est ma chance qui s'impose à mon regarde. Sous la tonnelle de ses cils, les portes de mon paradis. Alors, se penchant sur moi, ses lèvres touchant les miennes, elle prend ma main. C'est, pourtant, mon cœur qu'elle enlace et qui peine à battre. Et, lorsque mon nom sort de la bouche de la Damoiselle. Mes sens sont à genoux face à elle, mes oreilles n'en croient pas leur prunelles. Ô mon âme, qu'elle est belle. Chaque jour, elle est encore plus belle. Qu'on m'accorde la miséricorde de ses saints et que les pensées qui naissent en mon sein, soient expiées par l'œuvre de mes mains. Mais, bien vite, elle me redescend sur terre. Moi, qui m'abandonnais déjà à mes prières. J'en oubliait qu'elle devait être accompagnée de son frère.

C'est là que mon regard se porte sur celui qui ne m'est étranger. Je le vois, le reconnais, lui souris. Mais, il m'observe, me dévisage, affiche son mépris. J'ai vécu tant de mes déboires de jeunesse avec lui. Je connais sa vie, il connaît la mienne.

Comment aurais-je pu deviner que sa sœur serait, un jour, mon aimée ? Je lui tends une main qu'il repousse. Je lui tends, alors, l'autre. Mais, il l'ignore, par trois fois. Alors qu'elle nous regarde sans comprendre ce qu'il se trame, je soutiens son regard et comprends que j'ignore, encore, les drames que nous pauvres existences devront, une fois de plus, affronter. Mais, je suis prêt à me battre. Puisqu'elle est divinité, cette quête sera teintée de sainteté.

La journée passe sans que aucun mot ne soit adressé de l'un à l'autre. Mais, alors qu'elle s'absente quelques instants, il se tourne vers moi et me lance :

– Tu n'as rien d'exceptionnel, le sais-tu ? Tu devrais, sans doutes, te conforter dans cette solitude que tu sembles si bien connaître. Ne vois-tu pas que ma vie est infernale, dans son rythme et son contexte ? Qu'elle est si pure, si loin de toi, si loin de tous ce que tu ne seras jamais, tout ce que tu n'auras pas. Je conçois que mes mots puissent te blesser mais, ce sont des faits. Pourtant, tu dois le savoir, non ? Chaque fois que tu la regardes, ne vois-tu pas que ton incapacité à lui offrir tout ce qu'elle mérite ? Tu n'es pas suffisant, pas suffisamment de tout ce que tu pourrais imaginé, si éloigné de tout ce qu'elle serait, un jour, en droit d'attendre de toi. Ainsi, comment peux-tu seulement imaginer, un jour, pouvoir la combler ?

– Je le vois. Je le crois. Je le sais. Elle est l'aboutissement de mon histoire, mon but ultime...

– Mais, pour son mieux, tu ne seras qu'une péripétie de la sienne. Il ne suffit pas toujours d'aimer. Rends cette liberté que tu n'aurais jamais dû lui demander.

– Je ne veux plus jamais faire quoi que ma moral désapprouve. Mes promesses n'engagent pas celle pour qui ces sentiments j'éprouve.

– Ne mérite-elle pas de meilleurs mensonges ? Je ne sais pas quels genres de maux te rongent. Mais, ils te noient et, avec toi, elle plonge. Penses-tu que, le jour où tu failliras, elle passera l'éponge ?

– Oui, mon passé me dégoûte, j'ai été le pire de tous. Je couchais à la recherche d'une étincelle qui me ferait croire que j'étais toujours en vie. Mais, c'est mon histoire. Elle fait partie de moi. Alcool, sexe, drogues, jeux, triche, mensonges. J'ai traversé puis confronté tous les vices de mon existence. Elle est restée la seule lumière de ma vie.

– Cours-tu après un rêve, ou fuis-tu un cauchemar ? Est-elle un but ou une échappatoire ?

– ... Je... sais que je l'aime...

– Tu voudrais te rassurer. Mais, tu ne sais même pas qui tu es. Il est temps de faire le trie. Fais-tu, au moins, la différence entre le mal et le bien ? Laisse-la poursuivre sa vie comme elle le mérite, au moins.

À cet instant, elle revint et nous terminons cette journée dans le silence pensif qu'il m'imposa par ses mots.

Je peux affronter les obstacles de ma vie. Faire face aux démons de ma famille. Mais, jamais je n'aurais voulu lui imposer pareilles épreuves. Peut-être, a-t-il raison. Bien que cela me coûte, il vaut sans doutes mieux que je la libère des promesse qui furent faites. Je passe ma nuit entre les verres et les cendres. Ce n'est qu'au point du jour que l'épiphanie s'impose à ma conscience sous forme d'une photo d'elle qu'une de ses amies m'envoie pour me montrer à quelle point elle était belle la veille au soir. Belle... C'est bien là un pauvre euphémisme.

Il est 5 heure en ce matin. Je suis prêt à partir en guerre. Je sais bien que le sommeil est de bon conseil. Mais, qu'importe les voix qui me disent que je devrais dormir, le feu en mon cœur ne m'accorde le luxe de me reposer. Armé de mes mots, je les ai affûté. Je retourne le voir, je ne peux m'imaginer une telle fin à mon amour. Je frappe à la porte et il ouvre. Avant qu'il ne puisse finir de dire un mot, j'interjette :

- Qu...
- Djibril ! Je refuse !
- N'as-tu pas compris ce que je t'ai dit plus tôt ?
- Comment peux-tu juger de ma valeur ? En quoi ? En taille ? En richesse ? En poids ?
- Comment ? Je ne comprends pas...
- Une rivière d'or ne vaut rien pour celui qui meurt de soif perdu dans le dessert de sa pénitence.
- Mais, tu n'es ni or ni eau. Gravis la montage de ta vie avant d'espérer pouvoir la convoiter.
- Crois-tu que la pierre au sommet de cette montage s'imagine importer plus que celle qui en forme le pied ?
- Et bien, non je ne pense pas... Mais...
- Si un homme perd tout ce qui lui appartient, perd-il sa valeur aussi ?

- Non...
- Alors, juge-moi pour ce que je fais et non pour ce que j'ai.
- Alors, dis-moi, que fais-tu qui attesterait de ta valeur ? Celle qui te permettrait de prétendre à ma sœur.
- Je lui suis dévoué.
- Une parole se trahit.
- Elle m'est aimée.
- Certes, aujourd'hui.
- Tu voudrais que je t'apporte les preuves de ma valeur, de ma sincérité et de l'amour que je lui porte. Mais, je ne sais ni ne cherche à t'en convaincre.
- Alors quoi ? Est-il si aisé de te vaincre ?
- Je sais que tout nous sépare. Je le vois, je le ressens et l'entends. Mais, elle est la lumière dans les ténèbres qu'est l'enfer de ma vie. Je ne peux me résoudre à renier ma foi. Alors, je suivrais cette voie, sa voix, je marcherais dans ses pas. Puisqu'elle est mon guide et la seule fin que je veux pour moi.
- Je le savais. Oui, je le savais.
- Quoi donc ?
- Que tu ne changerais pas d'avis.
- Comprends-moi bien. Ce n'est pas un avis. C'est une vérité qui s'est révélée à moi et,

lorsqu'elle manque à mon univers, je vis un martyre. Alors, je noie ma peine au fond d'un cendrier ou, l'écrase dans un verre avant de me repentir.

— De quoi dois-tu te repentir, pécheur ?

— De t'avoir laissé semer le trouble en mon cœur. Et, toi qui connais mes déboires, pour les avoir traversés à mes cotés lors de ces années où, nos auréoles, nous avions reniés. Tu me juges bien sévèrement.

— Je te juge ainsi, car je ne me juge pas différemment.

À ces mots, il ferma sa porte et le dialogue. Lui que j'eus considéré plus qu'un frère, pourquoi vouloir m'imposer un nouvel exode ? En errant dans les rues de cette ville que je maudis, je regarde au ciel et me demande si le ciel me regarde. De son balcon, Serais-je délivré de ma souffrance ? Arriverais-je à ma terre promise ? Ma paix, quand bien même la verrais-je, me jugerait-on digne d'en fouler la terre sacrée à nouveau ? Mon cœur, je t'avais promis une joie sans fin si tu t'abandonnait à elle. Aujourd'hui, tu supplies une délivrance que je ne peux t'offrir. Je le ressens, ses refus ravagent mon âme de mille coups de fouet.

Sans vraiment savoir pourquoi, je suis resté à fixer cette fenêtre pour une durée que je ne pourrais évaluer. Comme si, je cherchais à y apercevoir le reflet de mon âme. Comme si, même perdu, je la retrouverais sur mon chemin.

Et si, mon âme lui était due ?
Et si, je l'avais toujours su ?

Mais, alors que le soleil s'en allait emportant avec lui mes espoirs de la voir ce soir. Des bruits de pas se font entendre derrière moi. Je me retourne et, alors que les dernières lueurs du jour qui s'achève illuminent son visage, je la vois. Mais, alors que je m'élance vers elle, il s'interpose entre elle et moi et, le regard emplie de mépris, me demande :

– Toi, que j'eus déjà vu en compagnie de mon fils. Qui es-tu ? Que veux-tu à ma fille ?
– Monsieur...
– Elohim ! *M'interrompt-il.*
– Je m'en souviendrais. Toujours est-il que je ne suis qu'un homme, ici pour signifier son amour à votre fille.
– Comment ! Tu n'es pas des notre ! Comment peux-tu seulement imaginer que je puisse accepter pareille situation ? Mon unique fille !

- Elohim ! N'use pas de la lame de tes mots contre celui qui fut, jadis, l'unique soutien de ton fils, en ses jours troublés.
- Comment oses-tu ? Bien. Pourtant, pour reprendre ton image, par cette épée, sur toi, j'abats cette plaie. Jamais !
- Père ! *Intervient l'objet de mon adoration.*
- Silence ! Nous aurons tout le temps de parler des conséquences qui concernent ton égarement.
- Oui père. *Répond-elle en baissant la tête.*
- Elle n'est plus une enfant ! Il serait bon la laisser faire ses propres choix !
- Abandonne ta quête futile. Je ne la laisserais jamais, avec toi, partir.
- Comment peux-tu autant la faire souffrir ?
- Tout cela ne sont que les graines du fruit défendu que vous avez consommé !
- Sommes-nous condamnés à être ennemis ?
- Pour mettre fin à cela, il te suffit de renoncer.
- Alors, nous le serons parce que je ne la laisserais pas. Dussé-je en mourir.
- Dans ce cas, prie. Oui, prie que jamais tu ne viennes à recroiser mon chemin.
- Je n'ai qu'une idole. Elle vit sous ton toit et connaît les désirs de mon cœur et les

souhaits de âme. Puisqu'ils lui appartiennent.

– Blasphémateur ! Pars, avant que je ne prenne la mesure de tes mots !
En ignorant ses mots, je m'approche de la douceur de mon cœur et lui adresse ses quelques mots avec ferveur.

– Je n'ai que faire des souhaits de son frère. Ni même des désirs de son père. *À ces mots, elle rit comme pour alléger mon cœur si lourd.*

– Alors toi aussi tu te ris de moi ? Comment osez-vous ?

– J'ai foi en cette histoire. Qu'importent les temps de terreur. Je garde foi en mon amour et cet amour. Car, personne ne le fera pour moi.

– Si, comme tu le dis, tu l'aimes. Alors, renonce à elle. Ce n'est pas une fille pour toi !

– Et pour qui suis-je une fille dans ce cas, père ?

– Mais enfin, ma fille, regarde-le ! Il n'est pas de notre monde ! Barbare !

– Saches, Elohim, que ma famille pense la même chose de vous.

– Laisse-moi rire ! Est-ce là, la vie que tu proposes à ma fille ? Une vie que même ton peuple condamne ? As-tu, au moins, de quoi la mettre à l'abri pour le reste de sa vie ? Tu te pressentes à moi, me manques de respect, veux emmener ma fille. Mais, qu'as-tu donc à offrir ?

— Père ! Je ne suis en rien petite une chose qu'il faut entretenir !

— Mon amour. Il a raison. Je n'ai rien. Pas même le soutien des miens.

— Vois-tu, ma fille ? Je t'évite une vie de misère. Maintenant, oubliez-vous et rentrons chez-nous.

— Mais, père...

— Il suffit ma fille ! Même lui s'est résigné à cette réalité.

Et, alors que je la vois partir, je ne trouve les mots pour la retenir. Son regard interrogateur me fait prendre la mesure de l'ampleur de mon erreur. Comment ai-je pu la laisser partir ? Elle était si proche de moi. Mais, les mots ont fini par manquer. Comment n'ai-je pu voir que je ne pouvais rien face au monde qui est notre réalité ? Quand bien même, dans ses bras, ne me semble manquer que la certitude de voir cette instant durer pour l'éternité. Je ne serais, sans doutes, jamais à l'origine de son bonheur. Je ne saurais, probablement, rien des secrets de son cœur. Je ne peux faire la joie de nos instants perdurer dans le temps. Dois-je me condamner au malheur pour lui permettre de trouver le bonheur ? Je ne supporterais pas de la voir souffrir par mon orgueil. Moi qui pensais défendre des idéaux de justice et d'amour. Peut-être n'était-ce qu'une illusion de mon égoïsme. Elle est tout ce que je veux, tout ce que je désir et tout ce dont j'ai besoin. Mais, que pourrais-je bien faire si, sa vie en ma compagnie lui imposait un martyre ? Serait-ce à moi de la laisser partir ? Aujourd'hui, par ma faute, je sais qu'elle souffre et la certitude de sa souffrance laisse mon âme dépérir.

J'erre dans ces rues qui m'ont vu peu souvent si malheureux. J'aimerais pouvoir garder espoir. Mais, les miracles n'arrivent que trop rarement pour ne pas avoir peur de voir la fin de mon bonheur. Alors, dans le fond du malheur de mon existence, en ce moment, j'entre, une fois de plus, dans l'antre de mes vices. Je m'assieds, espérant que l'alcool me donnera les réponses qu'il me manque. Sachant bien qu'il n'a jamais été de bon conseil. Pourtant, j'ai besoin d'y croire. Tout le reste c'est effondré autour de moi. Seuls subsistent leurs obstacles. J'ai foi en elle, mais que dire de la vie que je mène et de celle que j'ai à lui offrir ? Tout cela me fait peur. C'est à ce moment que, comme surgit de l'ombre, me servant un verre d'eau, John me regarde et me dit :

« Il n'est pas rare de déplacer des montagne sans le savoir. Il faut, parfois, savoir regarder au-delà de ce que nous voulons, pour découvrir ce dont nous avons besoin ».

Bien que ses mots soient toujours aussi sensés que rares. En ce soir, je crache son eau comme lui ses mots. Je veux ressentir l'amertume de ma vie en bouche. Comme si, ce fut là, le seul moyen d'apaiser mon âme. Je cherche encore à comprendre ce qu'il m'incombe. Je crois qu'il ne me reste qu'à... Oui, il ne reste qu'à...

Il y a bien 40 minutes que je bois seul dans mon enfer personnel. Lorsque, John m'enlève le verre au fond duquel, je cherchais les réponses que les cieux me refusent et que je sens que quelqu'un s'assied à mes cotés. Je vois sa main se lever et, d'un geste, commander deux verres de cette liqueur amère qu'elle hait et que j'aime. Lever le premier, le dédier à la vie qu'elle a mené. Prendre le second, le consacrer à celle qu'elle veut, avec moi, vivre. Puis, me regarde, sans un mots, simplement, un sourire triste. D'un geste semblable, je commande 2 verres de cette liqueur sucrée qu'elle aime et que je hais. Renverser le premier, le comparer aux espoirs que j'ai porté. Enflammer le second, le maudire comme tout ce que je m'apprête à détruire. Puis, détourne mon regard triste dans un assourdissant silence. Alors que le silence persiste, j'aperçois les larmes que la fierté tente de retenir. À cette vue, mon cœur se brise un peu plus chaque seconde. Comme j'aimerais pouvoir la réconforter et me libérer de ce poids qui pèse sur mon âme. Mais, je m'en irais par la petite porte, sans gloire, sans reconnaissance. Simplement, je l'espère, en ayant fait ce qu'il fallait.

– Tu oublieras notre bonheur et nos moments,
Tout ces mots que je te murmurais tendrement.
Tu effaceras tout de moi, avec le temps,
Tes lettres d'amour signées de tes sentiments.
Tu détruiras tout, toi et moi, nous déliant,
Tant de mes espoirs, jadis pourtant, flamboyants.
Je resterais à rêver de ton amour pur,
Jalousant ceux qui me parleront de futur.
Je maudirais bien, jusqu'à ma propre nature,
Justifiant mon bonheur par cette torture.
Je pleurerais, souhaitant être plus mâture,
Journellement, soumis à l'envie de cyanure.
Nous en parlerons au passé, de notre histoire,
Niant jusqu'à son importance et trajectoire.

Nous y repenserons aux détours de nos
soirs,
Nageant, alors, dans l'ivresse ou le
désespoir.
Nous, n'a jamais été synonyme d'espoir,
Naïvement, nous avions fini par y croire.

– Crois-tu que je pourrais oublier cette nuit ?
Alors qu'elle a donné tout son sens à ma
vie.
Soleil créé dans la fougue d'un soir
d'automne,
De mots qui, dans ma mémoire, encore
résonnent.
Réchauffant un cœur, gelé dans ses peines,
Amorçant ardeur et passion en mes veines,
Lors d'une nuit qui dura une éternité,
Éclairée d'un amour que je ne peux nier.
C'est alors que, la pluie se mettait à tomber,
Dans l'éclat d'un temps sec et d'un ciel
dégagé.
Et ces mots illuminant mon ciel par un :
« je t'aime ».
Après toi, je ne serais jamais plus la même.

– Je ne nie la réalité des sentiments que je t'ai
portés.
Ceux-là mêmes que tu m'as, si souvent,
montrés.
Ces sentiments qui, dans la folie, m'ont
emportés.

Car, tout en toi est perfection me rendant
fou de toi.
Seras-tu à mes côtés, m'empêchant de
sombrer ?
T'aimerais-je avec les peurs qui me sont
imposées ?
J'aurais peur quoi qu'il en soit. Alors,
dis-moi :
Pourrais-je te regarder sans n'y voir que ma
lâcheté ?
Mes questions sont-elles, seulement,
justifiées ?
Tu es tellement « toi » et tu vois bien ce que
je suis.
Je t'en supplie, réponds-y, sans façons ni
courtoisie.

— Dis-moi, toi qui étais venu t'opposer.
Dis-moi, toi qui voulais m'emmener.
Resteras-tu par amour ou habitude ?
Partiras-tu par lâcheté ou lassitude ?
Retiendrai-je nos détours ou ton attitude ?
Ressentirai-je la liberté ou la solitude ?

— Je suis désolé. Rien de tout cela n'aurait dû
arriver.
J'ai perdu espoir de, sur eux, nous voir
l'emporter.

— Tu as voulu t'opposer à nos mondes.
Mais, tu ne supportes pas cette réalité.

- Je rêvais de ton soutiens en cette vie
  immonde.
  Pourtant, tu n'es venu que pour me
  critiquer.
- Évidemment, puisque aujourd'hui l'orage
  gronde.
  Explique-moi pourquoi sembles-tu, si
  résigné ?
- Évidemment, je vois les démons danser leur
  ronde.
  Comprends-moi, je ne peux les laisser te
  crucifier.
- Alors, c'est cela que ton être me crie.
  Cherches-tu à te dérober à ta promesse ?
- Comprends que je ne veux, je suis proscrit.
  Qu'importe les sentiments que je t'adresse.
- Quand bien même tu sois banni.
  J'accepte ce tableau qui se dresse.
- Je ne peux t'imposer leur tyrannie.
  Je me dois de céder à leur bassesse.
- Puissé-je, un jour, te pardonner.
- Je l'ai prié sans vraiment y croire.
- Tu te dérobes et oses prier ?
- Que dois-je ? Comment le savoir ?
- Tu n'as plus foi en nous. Oublie-moi.
- Poursuivre serait, à ma condition, te
  condamner.
- Lorsque tu m'as dit qu'à eux tu t'opposerais,

J'y ai cru, qu'on me pardonne, tu mentais.

- J'aurais voulu t'offrir tout ce qui m'est refusé.
- Comprends-tu que je ne voulais qu'une chose ?
- Je sais ce que j'ai promis. Mais, j'avais tort.
- Regarde-moi ! Dis-moi... m'aimes-tu, encore ?
- Je pourrais te mentir. Mais, tu le saurais. Je ne peux rendre cela plus aisé ni pour toi, ni pour moi.
- Alors, plie le genou face à leurs idoles. Comment te justifieras-tu, le jour où on te jugera ?
- Par l'amour qui vit en moi et, pour qui et par quoi, à toi j'ai renoncé.

Alors qu'elle se lève, les yeux chargés de l'émotion propre à ces situations, je reprends un verre d'amertume liquide, sous le regard désapprobateur de John. Si je dois plier le genoux, ce sera sous le poids du dégoût que je m'inspire, aux cotés des démons qui me suivent, sur les principes que je voulais défendre. Les heures et les habitués passent. Mes bouteilles et le bar se vident. Dans ma tête et dehors l'orage gronde. Si seulement, il suffisait de mettre fin à cela pour cesser d'aimer. John ferme le bar. Il est temps de rentrer, je suppose. Je m'appuie sur le bar pour me relever lorsque John pose un cendrier et deux verres sur le comptoir. Me regarde, avant de me lancer :

– Penses-tu que je te laisserais partir ainsi ?
– Partir comment ?
– Misérable et dans l'erreur.
– De quelle erreur parles-tu ? En ce qui concerne ma misère : elle est conséquence de cette vie.
– Crois-tu ? Sais-tu seulement combien d'âmes égarées je vois défiler en ces lieux ?
– Une multitude, j'imagine.
– Sais-tu ce qu'elles ont en commun ?
– Un faible pour les boissons distillées ?
– Certes. Mais, surtout, d'avoir renoncés aux choses simples qui font que la vie mérite d'être, avant de finir.
– Je ne suis que moi. Je ne vaux rien et sûrement pas mieux.
– Savons-nous, seulement, qui nous sommes ? Ne méritons-nous pas tous d'être vraiment heureux ?
– Où veux-tu en venir ?
– Depuis combien d'années se connaît-on ?
– Bien trop, si tu en arrive à me poser cette question...

- Depuis tout ce temps, je te vois contempler les autels d'idoles en qui tu ne crois pas. Priant pour leurs faveurs. Cherchant dans leurs douceurs un réconfort à tes douleurs. Pécheur récidiviste qui ne cherchait que la douceur en ses vices. Aujourd'hui, je te vois repentis, coupable pardonné qui n'ose croire qu'il puisse être digne d'indulgence.
- Bien que, rien en moi ne soit digne d'elle. Là n'est pas la raison de ma damnation en ce jour.
- Dans ce cas, dis-moi, quel malheur condamne à l'exile ton bonheur ?
- S'il est vrai que jamais je ne pourrai lui offrir la vie qu'elle mérite. Comment pourrais-je lui imposer la simplicité d'une pauvreté d'entourage qui sera la mienne ?
- Tu parles tant de mérite. Mais, que veut-elle ?
- Elle ne sait pas à quoi elle s'engagerait.
- Explique-lui et laisse-la faire ses propres choix. N'impose pas, propose. Si elle est, vraiment, aussi parfaite que tu sembles le prétendre, n'est-elle pas capable de savoir ce qu'elle désir ? Ou bien, est-ce toi qui est trop arrogant pour croire que d'autres puissent savoir ce qu'ils veulent ?
- Je ne peux me résoudre à lui imposer cette vie.

– Penses-tu réellement que son choix serait sans retour ? Ne pourrait-elle pas changer d'avis, si toute fois cela devait arriver ?

– Si, évidemment.

– Alors, tu ne condamne pas en proposant. Tu condamne en imposant la fin d'une histoire que tu voudrais voir se poursuivre et, cela, sans écouter son avis.

– Sans doutes cela me sera reproché le jour où mon jugement sera venu. Mais, quand bien même je sois consient de tout cela, je ne peux me resoudre à la faire vivre mon enfer, ici-bas.

– Je vois que tu écoutes mais, n'entends pas. Puisses-tu, un jour, comprendre que tout ne depend pas de toi et qu'il est plus important de vivre ses desirs que de subir des choix.

– Mes intentions sont bonnes. Qu'importe ce que tu en penses, je le sais.

– Dans ce cas, elles finiront par paver ton chemin : tes bonnes intentions.

Comment pourrait-il comprendre ce que je ressens ? Pour les siens, nous ne sommes que des marchants de terreur. Pour les miens, ils ne sont que des coupables d'horreur. Il remplis nos verres avec résignation, comme pour me signifier son indignation à l'égard de ma décision. Je lève mon verre en sa direction, le dédiant à sa compassion.

Puisse-t-elle me guider sur le chemin de ma propre rédemption. Les heures passent, nous parlons et les oiseaux chantent le jour qui se lève.

Quelques jours ont passé depuis ce soir là. Je regarde dans la glace qui ne reflète qu'une image qui m'est étrangère. Suis-je à nouveau dans cet état qui ne me laisse pas le loisir de penser que je suis maître de ma vie, de mes choix ? Comme si, les décision que je prenais n'était pas en accord avec moi. Comme si je me regardais agir. Comme si, je ne voulais plus rien de cette vie. Comme si, je laissais autre chose contrôler mon être. Comme si, je voulais mourir puisque je ne m'écoute pas. Quand j'y pense, je me hais et ce crie en mon âme qui me déteste. Peut-être, ai-je perdu le droit de diriger ma vie aux vues de ce que j'en ai fait. Même ma raison s'est rangée du coté de mon cœur et mon âme. Serais-je le seul à devoir porter ce blâme ? Évidemment, cette situation n'est enviable à aucuns égards. Sans compter que, si je venais à être banni, qui soutiendrait ma sœur sur les chemins où l'emmène son cœur ? Oui. Qui ? Pourtant, je passe mes journées à ma fenêtre. Sans trop savoir pourquoi. J'espère qu'elle passe dans la rue. J'espère l'apercevoir. Comme si, elle pouvait ignorer que c'est là que je demeure et, d'amour, me meurs. Mais, les jours passent et, quand je rentre, je contemple la fenêtre sachant qu'elle pourrait ouvrir sur mon bonheur. Pourtant, le désespoir me plonge dans l'ivresse de nuits que je préférerais oublier. Même si, j'allais la retrouver maintenant, que pourrais-je bien lui dire ? Comment pourrait-elle pardonner mes mots ? Par quel miracle accepterait-elle de me pardonner ?

En ce septième jour, se fait entendre le sons d'un visiteur. J'ouvre la porte qui laisse entrevoir le visage accusateur de ma sœur. Elle entre sans m'adresser un mot. Se fait un café et s'assied. Alors, que je la regarde interrogatif, elle détourne son regard et engage :

- Tu ne dis rien ?
- Qu'aurais-je à dire ? N'est-ce pas toi qui viens en ma demeure sans t'être annoncée ?
- Tu sais pourquoi je suis en ces lieux.
- Je m'en doute, en effet.
- Bien. Alors, pourquoi es-tu lâche ?
- Ce n'est pas par lâcheté que j'ai pris cette décision.
- Alors quoi ? Le chemin est rude alors tu refuses de l'entreprendre ? Ou bien est-ce qu'arrivé au bord du ravin tu n'étais plus suffisamment confiant pour t'élancer ? Penses-tu qu'elle pourrait ne pas être à tes cotés, une fois le pas passé ?
- Non. Bien sûr que non.

– As-tu peur de l'engagement que tu avais pris ?
– Pas le moins du monde.
– Alors, explique-toi.
– Je suis prêt à tout endurer pour elle. Ma vie est ce qu'elle est et, bien évidement, je ne m'imaginais pas qu'elle puisse en être moins compliquée du simple fait que je l'ai rencontrée, ni même qu'elle m'aime. Certes, son amour apaisait mon âme, en l'enfer qui m'était imposé. En cette exile, cet exode dans le désert de leur indifférence et leur rejet. Mais, c'était, bien là, un enfer que j'étais prêt à endurer sans me plaindre. Mais, comment pourrais-je me résoudre à lui imposer le même ? Sa famille, quoi que j'en pense, je l'en détourne. J'endurerais le martyre de cette existence pour elle. J'en viendrais à rire de mes tourments si, je sais qu'elle m'attend. Mais, la moindre douleur qui devrait être sienne par mes actes, me ferait mourir de milles morts à chaque secondes.
– Penses-tu qu'elle vit un bonheur après tes actes ? Elle s'est opposée au siens pour ton amour. Comment as-tu pu l'abandonner à l'exact instant où elle t'offrait tout d'elle ? Tu es mon frère et je t'aime. Mais, je ne peux cautionner en rien ce que tu as fait.

À ses mots, je n'ose soutenir son regard. À ces mots, je ne peux que constater mon égarement. L'ai-je vraiment déçu ? L'ai-je abandonner au moment où elle m'offrait son monde ? Lui ai-je imposé la nuit au point du jour ? Lui ai-je imposé la mort d'une histoire naissante ? Suis-je le héro de cette histoire ou le monstre ? Puisque, je m'oppose à ses désirs et qu'elle n'est que lumière et pureté, je dois être noirceur et corruption.

Après plusieurs heures, nous sortons. Il n'y a, sans doutes, pas meilleur endroit où je puisse me perdre, en cet instant, que celui où, à défaut de pouvoir me purger de mes péchés, je pourrait me noyer dans mon désespoir. Alors, presque machinalement, je laisse mon corps me mener en silence jusqu'en mon purgatoire. Seul endroit en cette terre où j'espère pouvoir purger ma peine. J'en connais le geôlier, je m'y rend, cette fois encore, accompagné. Mais, plus seul que jamais auparavant. J'entre alors que l'heure d'ouverture n'est pas. Il me regarde alors que je m'assois sans un mot. Ma sœur, Ezra, s'assied à ma gauche et John à ma droite. Puis, par ma droite, me sont tendus des verres et, par ma gauche, m'est présentée la bouteille. Mais, alors que je remplis les coupes de cette eau de vie, je réalise à quel point je me hais en cet instant. Mon cœur saigne et mon esprit me torture. Je me tais ne laissant rien transparaître. Je me demande ce qu'il me reste encore, de cette vie, à apprendre.

Ils ont vidé leurs verres et la bouteille.

- Ne pense pas. Il faut savoir comprendre pour entreprendre.
- Je fuis. Oui, je fuis. Parce que, je suis lâche. J'aimerais pleurer. Alors, je cris pour couvrir ces larmes. Les larmes d'un amour tabou. Ils sont contre, de nous voir partager une famille. Ils sont responsables de tout ce qu'elle vit. Cependant, je suis fautif de l'avoir laissée et ce n'est que trop tentant de les accuser de la trahison que j'ai perpétré. Moi, qui ne fus jamais doté d'amour. Malgré mes séquelles, elle m'a adopté. Alors, je me plains de n'avoir vécu rien d'autre que cette souffrance depuis ma naissance. Je ne honore en rien cette existence. Qu'ils entendent mes confidences, je ne loue pas, mais crache sur cette éducation. Je prie pour, enfin, savoir, au nom de quoi, de qui, où Diable est-il dit, écrit, qu'il faudra nuire à l'amour sincère sous des prétexte aussi futiles que ceux-ci ? Qu'importe les motifs, l'entrave à un amour est une hérésie. S'il existe un paradis, il est entre ses bras. Et si j'ai tort, je souffrirait

milles éternités de tourments pour une seconde de son étreinte. Et si j'ai raison, je vivrait l'éphémère béatitude de l'infinité de sa douceur. Puisque, peu importe ce que je pense. Ses envies s'impose à mes désirs, les faisant miennes.

– Penses-tu que nous soyons ceux à qui tu dois tenir ce discourt ? Ne serait-il pas souhaitable que tu t'en ailles la retrouver ?

À ces mots, je me lève et cours comme pour rattraper chaque secondes qui, déjà, s'enfuient sur le chemin de ma vie. Ce sentier qui, à ses cotés, me conduit. Je me présente devant sa demeure et, face à cette porte, je prie qu'elle me réponde au plus vite. L'existence n'est que lente agonie loin de son apaisante douceur. Après quelques instants, elle ouvre. Alors, je commence:

– Écoute, je...
– Attends ! Je ne sais pas ce que tu veux me dire, ni pourquoi tu reviens auprès de moi. Mais, écoute bien. Je n'ai pas besoin de toi. Je n'ai besoin de personne pour savoir ce qu'il y a de bon pour moi. Je ne suis pas quelque chose qu'il faut protéger d'un monde. Je sais, j'ai vu et j'ai appris. Je ne veux pas de tes soit-disant lumières qui devraient me protéger d'une vie avec toi et

ce que cela implique. Je n'ai pas besoin d'un homme pour savoir ce que je risque par mes choix. Tu as l'air de penser que tu es la cause de ce qui pourrait arriver. Mais, laisse-moi te dire que tu n'es que celui avec qui j'avais envie de vivre ce choix. Mais, ce choix qui te fait si peur pour ce qu'il implique, fût fait il y a longtemps, avant même que je te connaisse. Tu n'étais que celui avec qui je voulais le vivre. Celui pour qui je l'assumerais. Celui avec qui j'aurais été prête à tout perdre. Jamais je n'aurais imaginé que tu n'y étais pas prêt. Voilà tout. Alors, maintenant que tu as failli à ta promesse, je te dis adieu.

Puis, elle referme violemment la porte. Du fond de mon désespoir, je vois Elohim qui se rit de moi, du haut de sa fenêtre. Je soutiens son regard. Alors que son expression passe de l'hilarité à la confrontation, je reste à le fixer. Je n'ai plus rien à perdre, rien à attendre, en cet instant, de cette misérable existence qui m'impose les souffrances de la déchéance. Pourtant, il se contente de disparaître, l'air satisfait.

Je rentre chez moi et décide de m'isoler pour réfléchir à ma vie. Cette journée fut bien trop chargée d'émotions que je n'ai encore réussi à purger. Pourrai-je, un jour, enfin, choisir mon destin ? Ou ne suis-je que le pantin de leurs dessins ? Arpenter ce chemin est-il réellement, vain ? S'il est mien, suis-je le mal de mon bien ?

Je retourne dans mon bar. Il y avait longtemps, je crois. Je constate que les gens ont changé. Il n'y a plus d'habitués. Plus de serveuses qui connaîtraient les déboires de ma vie. Ni d'amis qui les auraient traversés à mes côtés. Et, alors que les larmes coulent dans mon cœur, sur mon âme, elle entre dans le bar où je me tue dans le fond d'une bouteille d'eau de vie. Que puis-je lui dire ? Mon histoire peut-elle encore changer ? S'il existe un monde où elle voudrait encore de moi. Je ne souhaite être libre que si elle est ma liberté. Si non, qu'on m'enferme jusqu'à ma mort. Rien d'autre ne me retiens et de fatigue, déjà, je tombe. Si je vis, respire, passe des nuits blanches, souffre, ris, souris, rêve et me lève c'est pour elle. Mais, lorsqu'elle me voit, elle sort en courant. Je me lève et la rattrape, lui prend la main. Je connais la souffrance de cette addiction. Mais, son image nourrit ma passion. Mon regard plongé dans le sien, je lui adresse ces quelques mots.

« ...
Je ne serais jamais le plus fort.
je n'aspire pas à être riche.
Je suis simplement moi.
Mon bonheur ce n'est pas de briller.
Mon bonheur c'est toi.
Et si tu t'en vas, je m'en irais pour la dernière fois.
... »

Je la regarde et je pense...
... Et si...

Elle est partie.

À raison ou à tort, je ne peux en rien le lui reprocher. Certainement, mon cœur était aveuglé par sa beauté, mon âme éblouie par sa clarté et mon esprit subjugué par sa pureté. Mais, il commence à faire sombre et froid, ici-bas. Elle était de cette lumière qui éclairait et réchauffait mon cœur. Elle restera l'image qui justifie mes pleurs. Ô mon âme, je peux... mais, est-ce que je dois ? Ces larmes... serait-ce mes vœux qui coulent entre mes doigts ? Mais, elle s'en est allée. Tout ce que je sais, c'est que je l'ai aimé.

...Et que, je reste seul...

Parenthèse

(…)

Qu'ai-je fais ? Je dérive parmi les vestiges d'une vie que je souhaiterais qu'elle ne soit mienne. Je relis les poèmes que je lui adressais comme si ma souffrance pourrait me la ramener. Est-ce, pourtant, là ce que je veux ? Je pleure mes illusions. Mes illusions détruites par mes mains. Mes mains qui cachent la laideur de mon visage. Mon visage inondé par ma peine. Ma peine vit en mon cœur. Mon cœur brisé que je pleure.

Je revois les événements qui m'ont conduit jusqu'en cette instant qui me fait maudire mon existence. Les regrets et les remords m'assaillissent. Je crains que rien ne puisse jamais plus être pareil. Ce monde me semble si fragile. Ne serions-nous tous rien de plus que des colosses fait d'argile ? Les forces viennent à me manquer. Je n'ai plus le courage pour, dans ce combat, persister. Je n'ai plus l'espoir qu'il faut pour lutter. Je n'ai plus la ténacité pour, mes démons, continuer d'affronter. Je ne sais plus rien de moi. Je n'ai plus foi.

Puisqu'elle s'en est allée malgré les sentiments que nous avions partagés. Je m'enfonce dans la profondeur de la nuit qui m'eut toujours habité. Alors que, mon âme s'éteignait dans la noirceur de mes pensées, que mes sentiments commençaient à m'abandonner et que la foi si vacillante, que j'avais en mon avenir, me semblait, déjà, n'être plus qu'un lointain souvenir entaché par la mort de ses sentiments, elle apparue en mon être. Cette plénitude qui prend forme du néant. Dans l'absence de toute chose, si bien que, le simple fait « d'être » s'y oppose.

Alors, Je me laisse mourir à petit feu. Je ne pense pas même avoir gagné le droit d'éviter cette souffrance. Celle qui consiste à contempler sa fin dans une lente agonie. C'est dans cette vie que je me suis forgé. N'est-ce pas que justice ? Qu'elle me brise. Ainsi, elle me puni. De tant de vices, de trop de crises... de ma vie.

Ils viennent me voir, mes amis, mes connaissances, ma famille. Ils ont tous les mêmes questions. Ils ne savent pas la douleur qui est mienne lorsqu'il faut mettre en mots les événements et mes sentiments. Alors, à tort je le sais, je mens. Je leur soutiens que je vais bien. Que « c 'est ainsi et que la vie continue ». Je leur concède que ce n'est pas simple mais, que je pense déjà au lendemain. Ils ne savent rien de mes tourments. De ces envies de mourir à chaque instant. De mon impossibilité de trouver les mots, entre deux mélancolies, pour les appeler à l'aide. Alors, je mens, je fais semblant. Puis, à force de mc proposer de sortir et d'être éconduit, ils arrêtent de venir. Je me retrouve encore plus seul.

Les nuits se poursuivent, éclairées des idées noirs en mon âme. Les murs, que j'ai dressé entre moi et le monde, m'enchaînent à cette existence qui me rend esclave de ce que je ressens. Ma chaire pour prison. Le poids de l'existence que je m'impose malgré moi, me fait crouler sous son poids. Je ne hais plus, je n'aime plus, je ne ressens rien. Ne reste que cette apathie et la certitude de la souffrance perpétuelle, tourment éternel. Dans ce terreau fertile prend racine la fleur qui, dans l'éclosion le parfum, pose la question : « Pourquoi vivre, puisque mourir est facile ? ». Plus les jours passent, plus la question se pose et moins les réponses me viennent. Les rêves que j'appelais, jadis, des cauchemars, ceux où je tombe dans le vide, ne me réveillent plus en sueur, mais en pleur. Puisque j'y vois ma délivrance. Je ne passerai pas à l'acte, mais je rêve que quelqu'un le fasse pour moi. Je rêve de voir cette demeure en flamme et ne pas m'enfuir. Je rêve d'être fauché dans mon sommeil. Je prie qu'un objet céleste s'écrase sur moi. Sachant pertinemment que tout cela n'arrivera pas. Malheureusement, je crois.

Ma vie me refuse tout, même la mort ne veux pas de moi. Je dois prendre la décision... rien ne s'obtient par hasard, il faut croire...

Mais sans trop savoir pourquoi, je reste là, vivant, mais dépourvu de vie.

Vivant ?

Et puis

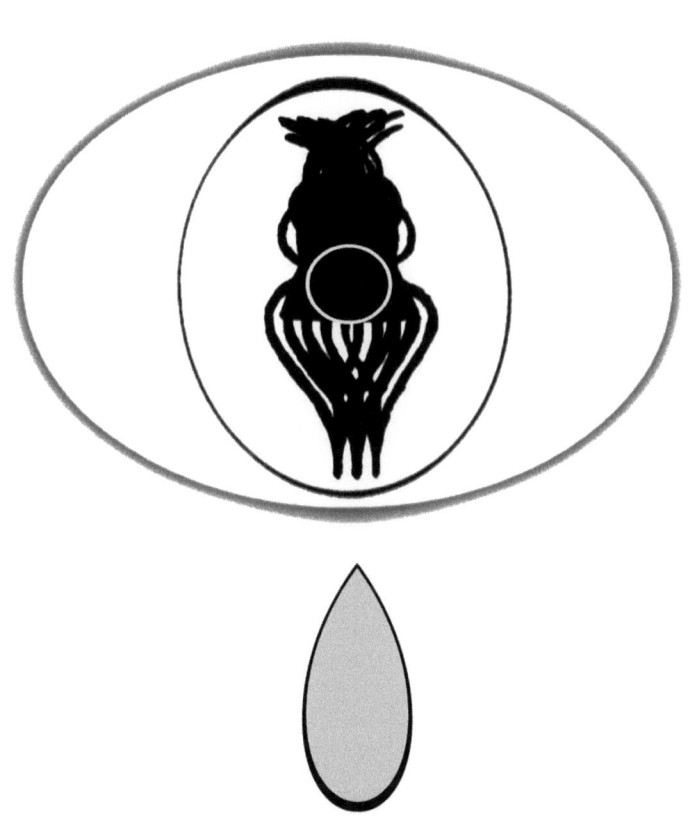

Le premier lundi, je l'ai passé dans l'obscurité de mon désespoir. Deux mardis plus tard, j'étais face contre terre, y avait-il encore un horizon ? Puis, vint le mercredi trois semaines après, j'ai jeté les fleurs que je lui avais acheté. Quatre jeudis ont suivi à cela, alors que je lève les yeux au ciel pour la première fois depuis qu'elle s'en est allée. C'est une nuit sans lune dont la réalité de l'absence m'envahit. Cinq autres semaines se sont écoulées quand, au matin du vendredi, je suis réveillé par des oiseaux à ma fenêtre, je ferme les stores. Alors, qu'un sixième samedi s'annonce depuis que mes stores sont clos, je les rouvre et, passe ma journée à observer les gens passer. Sept dimanches de plus me furent nécessaires. Mais, j'ai fini d'avancer. J'y suis arrivé. Celui que j'étais, n'est plus.

J'ai compris que, quelle qu'elle soit, l'adoration inconditionnelle, n'est enviable en rien. Je me suis défait de mes entraves. J'ai grandi et, pour ce faire, il fallait que j'avance sans les idéaux de ceux qui m'entouraient. Je ne suis plus celui qui a quelqu'un pour idole. Je suis celui qui chérira ce qu'il a bâti et, non plus, ce qu'il a trouvé. Il est vrai, je ne peux le nier. Je ne comprenais pas, qu'un jour, je puisse être plus mature et plus sage. Qu'un jour, je ne serais plus emprisonné par un rêve. J'ai compris que, sans le savoir, je m'étais égaré dans mes espoirs. J'ai réalisé qu'on ne pouvait soutenir ce qui ne dépend, finalement, que de la chance. Que, au final, je ne souhaitais, pour moi, qu'une histoire que j'aurais bâti, une relation que j'aurais construit.

Aujourd'hui, je lui souhaite que sa lumière éclaircisse les ombres qui s'imposeront à son chemin. Que, lorsqu'elle en ressentira le besoin, quelqu'un lui tende une main. Que son avenir soit radieux et que le bonheur rythme son quotidien. Aujourd'hui, je lui souhaite d'avoir à jamais l'Éden pour jardin.

Et puis...

Les mois ont passé. J'ai bâti une relation basée sur la confiance et le respect. Pas sur l'adoration et l'espoir. Lundi, nous allumâmes la lumière pour nous voir dans l'obscurité. Mardi, nous observâmes, dans le ciel, les nuages passer. Mercredi, nous plantâmes un arbre pour que, avec le temps, ses fruits, nous puissions récolter. Jeudi, nous admirâmes le soleil se coucher avant que la pâleur de la lune ne vienne nous éclairer. Vendredi, nous construisîmes un perchoir pour que les oiseau viennent s'y poser et chanter. Samedi, à tous nous nous fûmes présentés. Dimanche, je contemplai notre œuvre. Je peux, enfin, me reposer. Demain, je l'épouserais.

Certes, rien ne presse en ces jours. Mais, que ma vie m'en soit témoin : que les temps de nos amours peuvent sembler courts. Alors, aujourd'hui, demain et aussi longtemps qu'elle voudra de moi, pour cet amour-ci, je donnerais tout, rien de moins. Qu'importe ce qui est divin, ce qu'il advient, leur dessins, mon destin, le mal ou le bien.

Elle :

Me rend heureux à pouvoir en mourir,
Me donne envie de vivre à en pleurer de rire,
Vit pour mon meilleur moins que mon pire,
Rêve d'un foyer bien plus que d'un empire.
Ici, nos rêves se nourrissent de la simplicité,
s'abreuvent de nos moments de spontanéité.
Là-bas, les cœurs font, si souvent, naufrage,
les âmes sont bercées d'illusions, de mirages.
Ici, je vis libre, sans chaînes pour me retenir.
Là-bas, on meurt convaincu qu'il n'y a pire.

Aujourd'hui, je cherche ma rédemption. Si, la haine que j'ai ressenti à leur égare, n'était que le fruit de leurs actes, c'est bien moi qui l'ai éprouvée. Je ne peux me résoudre à croire que le mal se combat avec ses armes. Je ne peux croire qu'il y ai justice dans les sentiments qui ne veulent que blesser les âmes. Il est vrai que j'ai, bien souvent, donné conseils et méthodes. Je m'en estimais, sans doutes, bien avisé. Mais, en tant de choses, j'en ai manqué. En cela, je suis blâmable, plus que quiconque.

J'ai, souvent, l'impression de pouvoir planer dans les cieux. J'ai, parfois, le sentiment de ne rien valoir, ici-bas. J'ai, rarement, la conviction de mériter ce que je veux. J'ai, rarement, la certitude de vouloir survivre à ce qui m'abat. Je n'ai jamais la prétention de tout savoir. Mais, j'aimerais, toujours, avoir l'espoir de croire.

Passent les jours, semaines, mois et puis, aujourd'hui. Ma sœur vint me voir, une lettre à la main. Avant de me la donner, nous discutons :

– Comment vas-tu ?
– Mon frère, mon esprit est tourmenté.
– Si ton esprit fait défaut, interroge ton cœur.
– Mon cœur me pousse vers Hava. Mais, dois-je vraiment m'engager sur cette voie ?

– Les routes de nos vies sont, parfois, sombres. Mais, les jours continuent de se lever, qu'importent nos choix. Tu as en toi la force de faire face à tes démons. Qu'importe leurs natures ou leur tailles. Les batailles sont, parfois, dures. Mais, toutes les victoires commencent par un pieds mit devant l'autre.

– Il me semble reconnaître la sagesse qui naît de l'expérience.

– Ne laisse rien te détourner de celle qui t'aime depuis des années.

– Sans doutes, as-tu raison.

– Bien. Qu'est-ce que cette lettre que tu tiens ?

– Elle... Elle est venu me trouver. M'a supplié de te remettre ceci.

– Je vois...

Je prends ces quelques morceaux de papier pliés et les fixes plusieurs minutes me demandant ce que je devrais en faire. Faut-il lire cette lettre ou la jeter ? Serait-ce une trahison envers celle que j'aime, aujourd'hui ? Où se trouve le bien en cette instant ? Si je le savais, en tiendrais-je compte, si la réponse ne me convenait ?

Ma sœur s'en va, en donnant pour consigne de brûler la lettre si je choisi de ne pas l'ouvrir.

La lettre :

« Il y avait longtemps, je sais. Le destin est étrange parfois. Je me suis surprise, aujourd'hui, à errer en bas de ce qui fut chez-toi. J'ai appris que tu ne demeurais plus en cet endroit. Je remets cette lettre à ta sœur. En espérant, qu'elle te la remettra. Bien sûr, depuis nous, les champs de fleurs ont fanés, plus d'une fois. Mais, qu'importent les relations que j'ai eu depuis, aucuns d'eux n'était toi. Je sais bien qu'à l'heure qu'il est, tu as sans doutes refait ta vie et que mon visage est tombé dans l'oublie. Mais, si toutes fois, ce n'était pas le cas. Et si, il t'arrive, encore parfois, de penser à moi. Je suis là. Je n'y arrive plus sans toi. Et si, ce n'est pas le cas, ne m'oublie pas. Et puis, brûle cette lettre pour moi. »

À peine ai-je fini de lire les mots manuscrits, déposés avec délicatesse sur ce papier d'un blanc maculé que, de timides coups à la porte se font entendre. Je vais ouvrir. Elle est là. J'ai sa lettre ouverte dans mes mains. Elle la vois et une larme perle le long de sa joue. Une larme que je ne peux m'empêcher de rattraper avant qu'elle ne termine sa course. À ce geste, ses yeux se plonge dans les miens. Bien qu'elle soit plus belle que jamais, je suis gêné. J'ai parcouru tant de chemin pour arriver à voir une lumière pointer au bout du chemin de tant de lendemain. Elle est là, mais, je ne peux me résoudre à décrocher mes yeux des siens, alors que son essence éveil mes sens. Mais, alors que son visage s'approche du mien, je la repousse de mes mains. Je ferme la porte et m'effondre dos à elle. Le tourment m'envahit, je l'entend s'asseoir dos à se mur que j'ai dressé entre nous, et pleurer. Je devine son cœur se briser.

Un calme. Un silence... Et puis, ce néant qui m'envahit. Je reste là, assis. Les terres, que j'avais cultivé en moi, ne sont plus que désolation et gouffres sans fonds. Je n'arrive pas à entendre les questions qui se posent. Je ne vois que leur images qui s'opposent. Je regarde en moi. Je ne vois pas de réponses. Je n'écoute pas les questions. Les fléaux venu du ciel déchirent mon être et les augures de mon ciel d'azur. Ce ciel, si pure, se teinte, maintenant, de nuances bien obscures.

Dans ces tourments, surgit une main tendue. Je la vois me sourire. Me dit d'aller m'asseoir qu'elle va faire du café. Je me lève soulagé de la savoir prés de moi. Mais, alors que je m'assois, le visage couvert par mes mains, elle ouvre lentement la porte et l'invite à prendre un café avec nous. Visiblement mal alaise, elle entre pourtant et s'assied face à moi, me questionnant de son regard. Mais, moi-même, je n'y comprends rien. Elle s'en est retournée à la préparation du café. Les minutes passent et le silence est pesant. Elle sert deux tasses, les déposent face à chacun de nous. Je la regarde sans comprendre ce qu'elle cherche à faire. Son visage est serein et elle me souris. Je n'y comprends rien. Elle dépose le sucre et le lait sur la table. Puis, me soupire à l'oreille : « Ce n'est pas pour toi. Toi, ton café, tu le boiras avec toute son amertume. » et continu à me sourire. Puis, elle se tourne vers celle qui n'a encore prononcé aucun mot, et dit :

- Bonjour, je m'appelle Kimiko. Enchantée.
- Bonjour, je m'appelle...
- Je sais comment tu te prénommes.
  Intervient-elle.
- Kim... qu'est-ce que cela veut dire ?
  Je lui demande la voix tremblante.
- Je pense que vous devez avoir bien des choses à vous dire. Il faut faire face à son passé, l'accepter. En particulier, quand il frappe à notre porte. Je vais donc vous laisser discuter. À plus tard.
  Dit-elle en souriant. Avant de se lever et partir.

Nous nous retrouvons seuls. Entre nous. Jamais, je n'aurais pu envisager un tel scenario. Je ne comprends que trop ce que mon café signifie pour elle.

- Est-ce qu'il t'arrive de penser à moi ?
  Me dit-elle, le regard plongé dans son café.
- Ne te raccroche pas à nos souvenirs,
  C'est la réalité que tu tentes de fuir.
  Ils calmeront tes pleurs,
  Feront taire tes peurs,

Mais ne cherche pas ailleurs,
La paix manquant à ton cœur,
Ressens toute cette douleur,
Ce mal est pourtant salvateur,
Il est nécessaire au bonheur,
Il mènera à ta paix intérieur.
La nuit a recouvert les cieux,
Les souvenirs inondent tes yeux,
Semblant si loin les jours heureux,
Dans la multitude nous étions deux,
Abandonne nos espoirs, nos vœux,
Pour exister, ils n'ont plus de lieux,
Souffre je t'en pris, pour ton mieux,
Tes besoins ne sont ce que tu veux.

- M'aimes-tu ? M'as tu, seulement, jamais aimé ? Ou n'était-ce que des mots que j'ai eu la naïveté de croire, parce qu'il étaient tiens ?

- Je t'ai aimé, oui. Si je t'aime en ce jour ? Je ne sais. Mais c'est moi, moi qui est été naïf de croire qu'un bonheur était possible, simplement, dans tes bras.

- Comment cela ? Je ne comprends pas. Explique-toi.

- Je rêvais d'un avenir avec toi. Mais, ce combat... Il n'était en rien fait pour moi. Je ne voulais pas le mener. Je te voulais toi. Je me serais battu pour toi. Mais, pas pour l'idéal qu'il représente. Alors, lorsque tu es partie. Mes convictions t'ont suivie. Celui que tu as connu, n'est plus. J'en suis désolé. Mais, plus jamais, je ne serais celui qui, toute ces choses, t'as promis.

– Mais, si, aujourd'hui, tout était plus simple ?

– Je ne laisserais Kimiko souffrir par la faute de mon passé. Elle fut réconfort quand ton image était douleur. Elle fut tout et son contraire. Mis à part, le fait qu'elle ne fut jamais absence, lorsque je nécessitais sa présence.

– Alors, tu me repousses pour elle ?

– Non. Je te repousse pour moi.

– Mais, elle t'a laissé ici, avec moi !

– Uniquement parce qu'elle ne doute pas. Mais, peut-être, devrais-tu partir pour apprendre à t'aimer sans moi. Kimiko ne t'aime pas, et Dieu sait qu'elle aime tout le monde. Mais, elle m'a trouvé si mal, si pathétique, après toi.

– Quand ? Quand est-ce que notre bonheur nous échappait déjà, alors que je ne le voyais pas ?

– Il y avait un arbre, un oiseau et il ne risquait pas de pleuvoir. Pourtant, nous stagnions et c'est, malheureusement, la guerre qui écrit l'histoire.

– Faut-il laisser les esprits obtus gagner ?

- J'aurais pu être des leurs. Mais, tous n'ont pas le luxe de questionner leur conscience.
- Alors quoi ? Et maintenant ?
- Il y eut suffisamment de maux. Il n'est plus l'heure des mots.

Je me lève et ouvre la porte.

À mes mots, elle pleura plusieurs minutes. Bien que mon cœur se serre dans ma poitrine un peu plus à chacune de ses larmes, je reste impassible. Peut-être, lui permettrais-je de tourner une page qui s'écrivait, il y a déjà trop longtemps de cela.

La nuit a passé. Elle m'a rejoint dans ce lit que nous partageons. Elle le sait bien, dans ces instant où je contemple mes pensés détachées de mon existence, je plane dans un vide immatériel, dépourvu de ma substance. Elle n'a rien dit, s'est couchée et s'est endormie sans bruit. Ce matin, j'aimerais croire que la nuit porte conseil. Mais, je n'ai aucune réponse à m'apporter. Aucune idée de ce qui me tourmente. Deux idées fixes me hantent. L'ivresse et l'attente. Pourtant, je n'ai pas le courage de franchir ce pas. Comme s'il s'agissait de faire un choix. Comme si, je ne savais si je désirais la chaleur ou le froid. Alors je reste, seul, dans la pénombre, avec cette vieille bouteille posé face à moi sur la table.

Il n'est que 6 heure lorsqu'elle se lève ct me rejoint dans la cuisine. Elle voit la bouteille, ne dit rien. Elle fait un café, le pose face à moi. Prend un verre, le pose à coté de la bouteille. Puis, me demande ce que je veux faire de ce qui me tend les bras. J'ouvre la bouteille, verse jusqu'à atteindre la moité du verre. Puis j'y verse le café, la regarde et lui demande, puisque c'est un choix, un peu de sucre pour l'adoucir. Elle sourit agacée, me lance le sucre et « la vie est parfois amère, tout comme les choix qu'elle nous impose de faire » au visage. Comment lui en vouloir de la déception de ce que j'envisage ?

Je la regarde et, je le sais, je reste muet. Quand elle rit, quand elle chante. Chacun de ses soupires est un instant de vie qui justifie tout ce qui fut jusqu'ici. Dans le silence de la nuit, c'est sa voix qui me guide vers l'aube des jours meilleurs. J'en ai perdu mes convictions. Son existence même, nie l'existence d'une divinité. Parce qu'elle n'est éternelle. Parce qu'elle partira. Parce que de le savoir donne du sens à mon amour. Parce que je l'aime aujourd'hui, sachant que ça ne durera toujours. Je l'aime, jusqu'au crépuscule de ma vie. Mais, ma vie n'est qu'un présent, que je veux passé dans ses bras qu'importe l'existence ou non d'un future moi. C'est mon désir aujourd'hui, rien ne reniera cela.

– Dis-moi, es-tu heureuse ?

– Comment le pourrais-je en cet instant ?

– As-tu besoin de plus ?

– Je n'ai pas besoin de plus. J'ai besoin de certitudes.

– Je n'ai à t'offrir que ce que tu as déjà.

– Ne m'offres rien de plus. Je n'en voudrais pas.

– La simplicité de cette vie te convient-elle vraiment ?

– Il y a de la beauté dans la simplicité. Pour autant, simple ne signifie en rien : « dépourvu importance ».

– En ai-je à tes yeux ?

– Bois ton breuvage et laisse-moi tranquille.

– Bien. J'ai mes réponses, quoi qu'il en soit.

Le sablier du temps qui m'est accordé sera bientôt écoulé. C'est son poids que je sens sur moi. Comme j'aurais aimé que se soit mes paupières qu'il soit destiné à recouvrir. Mais, je suis né aveugle, j'ai grandit dans les ténèbres, j'ai été ébloui, j'ai tout vu en rose, j'ai cessé de contempler les couleur du monde, j'ai vécu mes idées noirs, j'ai contemplé la lueur timide du bout du tunnel, j'ai arpenté les sentiers de la rédemption de mon âme et j'ai ouvert les yeux sur la simplicité d'une vie que je ne savais pas avoir désiré.

Suis-je admirable, détestable, formidable, critiquable, aimable, blâmable, louable ou condamnable. Je ne marquerais, sans doutes, pas l'histoire. Mais, en mon cœur, chaque cicatrice est une histoire, une victoire et une défaite. Elles sont les témoins d'une souffrance, une délivrance et une quête.

Je lui donne rendez-vous, en ce lieu où la colombe qui me semblait être ma paix, un jour lointain, déjà s'envolait. Puisque, c'est ici que tout prend fin, je crois. Nous parlons et puis, elle comprend que je ne lui donnerais pas la réponse qu'elle attend. Alors, elle me dit :

– Comme je comprend que tu me reproches mes actes. Ceux qui ont suivi ce jour maudit.
– En quoi pourrais-je te juger ? J'en suis désolé, en faite. Désolé de savoir que tu t'es laissée emporter dans de tels excès, suite à nous. Désolé, que tu aies tant souffert. Désolé, que tu n'aies eu personne vers qui te tourner, personne pour t'arrêter et te tendre une main.
Je fini ma phrase et vois ses larmes. Je la prend dans mes bras.
– Dans ce cas, pourquoi ne pouvons-nous pas être à nouveau, toi et moi ?

- Parce que, j'ai avancé. Et jamais, plus il ne pourra y avoir de nous. Pourtant, il me reste une chose à accomplir, si tu veux bien.
- Quoi donc ?
- Emmène-moi auprès de ton père.

Nous arrivons devant un café, après de longes minutes de marche dans un silence pesant. Je le vois assis à une table, critiquant le monde sans personne pour l'écouter. J'entre en lui demandant de m'attendre à l'extérieur. Je m'assieds à sa table et lui dit :

- Bonjour, il y avait longtemps, n'est-ce pas ?
- Mais... Que dois-je comprendre à cela ?
- Elohim, ou préférés-tu, Absalom ?
- Comment ?
- Moi aussi, je me suis renseigné sur toi. Mais, qu'importe aujourd'hui.
- Que me veux-tu ?
- Simplement te dire les mots que je n'ai pas su trouver, il y a des ça bien longtemps. Simplement, les mots que j'aurais voulu entendre en ces obscures moments.
- Alors parle. J'attends.
- Pourquoi es-tu méchant ? Je sais bien que ce n'est pas aussi simple pour toi. Mais, tu m'as mis à terre avec quelques mots. Je n'étais pas suffisamment de tout ce que je

suis aujourd'hui pour pouvoir m'opposer à cela, en ce temps là. Mais, tu n'avais pas à me traiter de la sorte. Aujourd'hui, je le sais, tu n'es qu'un menteur. Tu es cruel parce que, tu le peux et que tu ne supportes pas ce qui diffère de toi. Mais, tout ce que tu es, ne dit rien de ce que je suis, moi. Tes avis ne sont pas, et ne seront jamais, le reflet de la valeur de mon existence ni, de mes choix. Tes avis, tes opinions ou appelles-les comme il te plaira, ne révèlent que ce qui est en toi. Peut-être ton attitude est le résultat de tourments que, toi-même, tu as vécu. Mais, ça ne change rien au fait qu'aujourd'hui, tout ce que tu es, c'est méchant. J'aurais aimé, au combien j'aurais voulu, que, ce jour là, quelqu'un me dise que, d'ici quelques années, je vivrai en un monde que j'aurais bâti de mes mains. Que, ce jour là, je serais heureux, enfin. Que je comprendrais mon égarement et comprendrais que mon bonheur n'est pas un but, mais le chemin. Aujourd'hui, je suis devant toi et rien de ce que tu ne diras, jamais plus, ne m'atteindra.

– Je vois. Je comprends mieux pourquoi elle s'est détournée de mes enseignements et de moi. Alors, tu es venu narguer un vieil homme ? C'est, là, ta victoire sur moi ?

– Je ne suis en rien à mettre cause en ce qui
concerne le fait qu'elle se soit détournée de
tes enseignements et toi. Ce n'est pas une
revanche. Simplement, l'aboutissement du
chapitre le plus troublé de ma vie. Adieu,
vieil homme.

Je me lève et sors. Puis, au moment où je
franchis le pas de la porte, elle entre et se dirige
vers lui. Rien de ce qui pourrait se dire ne me
concerne. Je lui écris quelques mots que je dépose
en évidence sur la table à l'extérieur pour qu'elle
les voit en sortant. Puis, je rentre, chez-moi.

Lettre du café :

« On s'est rencontré dans les temps où, les ténèbres m'aveuglaient. Par toi, j'ai recouvré la vue, je crois. Je me projetais plus que jamais avant cela. Je t'ai tant aimé, je t'aurais donné ma vie. Mais, peut-être étais-je plus attaché à l'idée d'aimer, qu'à l'amour que j'éprouvais pour toi. Les mois qui ont suivi ton départ furent si lourds. J'en ai ressenti tout le poids de ma vie. Le poids des choix, qu'il y a peu encore, j'aurais maudit. Bien sûr, je me suis isolé. Ne crois pas qu'il fut aisé, pour moi, de me relever. L'aurais-je pu, si l'on ne m'y avait aidé ? Sans doutes. Mais, bien plus lésé. Je ne voulais pas laisser partir cette idée, qui avait finit par hanter mes nuits et journées. Et puis, les jours ont passé. Et finalement, aujourd'hui, je peux laisser ces images dans les souvenirs de mon passé. Peut-être, n'ai-je que mérité ce que j'ai vécu et, sans doutes, t'ai-je promis ce que je ne pouvais pas. Sans doutes, vivais-je dans cette fantaisie que j'appelais « toi et moi ». Pardon de t'avoir fait souffrir, pardon de ne pas avoir su être là pour toi, pardon mais, le but n'a jamais été celui-là. Peut-être, as-tu parlé dans mon dos, peut-être m'as-tu craché dessus, critiqué ou insulté tout ce qui est relatif à moi. Je ne peux nié que je ne suis que ce que tu as vue de moi. Je n'ai jamais menti, pour autant, étais-je droit ? Je dois te dire que te voir malheureuse m'a brisé le cœur. Et si, tu n'as pas vu mes yeux se mouiller, c'est que mon cœur, dans mes larmes, voulait se noyer. J'ai imaginé, tant de fois, te voir passer la porte de mon désarrois. Mais, tu n'étais pas là. Ça m'a coûté, mais j'ai avancé. La fantaisie est douce, mais c'est la réalité que je vis. C'est ainsi, qu'importe si personne ne m'envie. Je t'ai tant aimé, mais cela doit finir. Ces mots sont ceux que je ne t'ai jamais écrit. »

Je m'en vais l'âme en paix

À peine ai-je poussé la porte, que Kimiko surgit face à moi et me dit :

- Pense !
- Penser ?
- Oui, tu ferais bien de penser !
- Penser à quoi ?
- Penser à tout ce que tu demandes. Penser à moi !
- Je sais bien...
- Non, tu ne sais pas.
- Alors, dis-moi...
- J'y compte bien. Tu ferais bien de réaliser que, si tu n'es pas là pour moi, j'irais un jour chercher, ailleurs, ce que tu ne me donnes pas. Comprends que je ne recherche pas la liberté. Mais, que tu ferais bien de te méfier. C'est là, le genre de choses au quel on prend vite goût. Aujourd'hui, c'est toi que je veux. Mais, délaisse-moi et je ne répondrai de rien demain.
- Lorsque les souvenirs me reviennent et que la mélancolie surgit en mon âme parmi les lueurs d'autres fois, les larmes me viennent et les harmonies désuets se jouent de mes rêves d'aujourd'hui, y comparant ceux de, bien trop lointain, temps pour que mes hivers solitaires ne les aient changés en gouttes de désespoirs dans l'océan de mes

déceptions. J'ai fait le deuil de ce que je fus autres fois. Aujourd'hui, je suis à toi. Demain ? Je ne te renierais pas, si tu es toujours là. Pourtant, des fois, j'aimerais savoir ce que tu dis de moi quand je suis absent. Souvent, je souhaite savoir ce que tu penses vraiment. Car, j'ai, si souvent, le sentiment que tu masques tes émotions, caches tes intentions. Je me demande, quelques fois, si je te connais vraiment. Alors, il est vrai que, moi aussi, je ne dis pas tout. De peur ou de pudeur, qui sait pourquoi je garde tout cela en moi. J'y travaille, crois-le ou pas. Mais, j'ai besoin, aujourd'hui, de sincérité. Je ne demande rien de plus. J'ai confiance en toi. Et si, tu m'as menti, je ne serais pas fâché, mais triste. Et puis, si tu n'as été que sincérité, durant tout ces années, je ne peux que te présenter mes excuses pour toutes les fois où j'ai osé douter. J'espère, pour la première fois, avoir à m'excuser.

— Excuse-toi en ce cas. J'attendrai ta décision, demain matin.

Devrais-je manger le fruit, abattre l'arbre et brûler ce jardin avec le feu de sa passion.

Devrais-je accepter l'interdit, admettre que je vis mon bien sans démesurées ambitions.

Ce qui fut dit, était. Ce qui doit être, sera.

Quand je partirai, ce jour où il n'est pas question de métaphores mais d'euphémismes. J'espère que tous comprendront que je ne donnais de nouvelles que peu souvent. Mais, que ce n'était pas par avarice de sentiments. Que j'ai toujours eus du mal à dire ce que je ressens. Comme si, j'avais tout le temps du monde et l'infini. J'espère que ma sœur comprendra que rien n'était plus important que son bonheur. Et que, lorsque j'ai failli à cet objectif, j'en suis seul fautif. Que, jamais, je n'ai oublié ceux qui, une main, me tendaient. Alors que, rien, je n'avais. Ce jour là, que les anges lui disent que je n'ai jamais voulu ce qui est arrivé. Qu'elle était parfaite et que, pour tout ce que je suis, je brûlerais en enfer. Mais, que les souvenirs de cette vie seront une délivrance, qu'importent les souffrances. Que je me renfermais, parfois, pour ne pas exposer mes larmes. Que, tout en ce monde, me révoltait jusqu'à ce que son sourire me désarme. Que, même lorsque je me suis détourné d'elle, elle était tout. Que je niais, que j'étais aveuglé, pour ne pas dire stupide, d'avoir hésité. Que j'ai prié son nom, si souvent, que mon paradis doit s'en être lassé. Que je me suis écorché les yeux sur l'image de son visage, à en perdre la vue. Que je n'ai jamais oublié. Qu'avec elle, j'ai commencé à exister.

J'ai enfin pu imaginer mon paradis.

J'ai construit mon bonheur.

J'ai contemplé la simplicité de ma vie.

J'ai affronté mes peurs.

J'ai, de mes modestes succès, cueilli les fruits.

J'ai oublié mes douleurs.

J'ai souvent douté, finalement j'ai compris.

J'ai connu la rancœur.

J'ai appris qu'on ne construit rien avec des « si ».

J'ai vu la vie qui meurt.

J'ai eu l'épiphanie m'expliquant qui je suis.

J'ai choisi ma lueur.

Leurs péchés et mes blasphèmes.

Suis-je vraiment le problème ?

Mes histoires, mes poèmes,

Finalement, quand bien même,

C'est ma vie qu'ils ont pour thème.

Là où l'on se dit : « je t'aime ».

Aujourd'hui.
Les années ont passé, j'en ai passé des années.
Chaque jour, à me plaindre un peu, de la vie, de
dieu. J'étais heureux loin de leur paradis, j'ai vu
le mien dans une nouvelle vie. Mais, les années
ont passé, la fatigue s'était, petit à petit, installée.
En y repensant, tout ce qui compte dans tout ça,
c'est quand elle m'appela « papa » pour la toute
première fois. La vie ne m'aura laissé le choix, je
n'aurai que vu ses premiers mots, entendu ses
premiers pas...

Et finalement...
Je m'éteins, serin, ce matin, en serrant leurs
mains.

FIN

Moi, je la regarde depuis ce que je suis,
Lorsque, elle propose c'est mon cœur qui suit,
Elle, elle ne sais pas combien je l'aime,
Ni même, qu'elle inspire tout mes poèmes,
Mon unique problème est pourtant si lourd,
C'est qu'ils parlent d'elle, car ils parlent d'amour,
Qu'elle mérite plus qu'un texte passable,
Je vous dirais comme elle m'est aimable
Je vous parlerais bien de son écharpe,
Sa voix qui rappelle le son de la harpe,
Je vous conterais aussi la douceur de son nom,
Mes décisions et la fermeté de son non,
Tairais quand elle tourne tout en dérision,
Qu'elle est le remède à mes dépressions,
Je crierais que je l'aime plus que de raison,
Elle fait rimer mon foyer et sa maison,
Je confirais que je vois ma vie dans ses yeux,
Qui me font comprendre que je me fais vieux,
Je vous murmurerais que « elle est belle »,
Elle, un bleu horizon les jour de grêle,
J'avouerais que son absence m'est cruelle,
Puisque, en elle, mon pauvre cœur se gèle,
Qui pourrait définir cette fièvre,
Lorsque mon cœur s'enflamme sur ses lèvres.